メディアワークス文庫

就業規則に書いてあります！

桑野一弘

目　次

――この世界には、鬼がいる。


「もう、働けません……」

デスクから悲痛な声が漏れる。

男性社員が一人、机の上に突っ伏していた。散らばった消しゴムカス。赤、青、緑の鉛筆の束。足元には、没原画が山のように積み重なっている。

「もう、描けません……」

声は、もはや嗚咽《おえつ》に変わっていた。涙の粒が用紙に落ちて、描きかけの線を滲《にじ》ませている。ステッキを持った女の子の絵が、じわり輪郭を失っていく。

部屋の照明は落とされていた。

ぱっと、フロアの片隅で別の明かりが灯《とも》る。

「この業界は、弱肉強食」

淡い光に照らされて、男が一人、椅子に腰かけている。身を乗り出した前傾姿勢。

上下黒の服装は、煌々《こうこう》とした明かりの中、一幅の絵画のようである。

　男の口が続ける。

「破れる者は去り、勝ち続ける者だけが得る。破れたなら、おまえはこの場から去らねばならない」

「おれは、おれは……」

「こんなところで終わるのか？　中途半端に投げ出したまま」

「俺だって！」

　激昂《げきこう》したように、デスクの男性が叫びを上げた。両腕を乱暴に振り回して、机の筆記用具を飛び散らせる。

「やったじゃないか！　頑張ったさ！　もう、三日も寝てないんだぞ！　腕も頭も限界なんだ！　くそっ！　これ以上、どう頑張れって……！」

　破裂した叫びが、また嗚咽の中にかき消える。大きく肩を震わせて、男性は本当に限界のようだった。すっかり頬は瘦《こ》け、目は落ちくぼみ、ペンを握っていた右手にはぐるぐると包帯が巻かれている。

　しかし、それを見据える冷たい視線は、なお非情の色を隠さない。

「結果を生まない努力は無意味だ。おまえのそれは、ただの言い訳に過ぎない」

「ちがう！　こんなの無茶苦茶だ！」

「無茶？」

「そうさ。こんな働き方ってあるもんか。絶対、違法労働だ。家にも帰らせないで、風呂にも入れないで……」

「同僚《ライバル》たちを前にして、同じことが言えるのか？」

え？と、男性が顔を上げると同時に、フロアに新たな光が灯る。ずらっと、横並びになったデスク。すべての席のライトが点灯し、同僚たちの悪戦苦闘の姿を浮かび上がらせる。

ある者は一心不乱に鉛筆を走らせていた。

ある者は栄養ドリンクをがぶ飲みしている。

頭に巻いた鉢巻きに「1日30時間」と銘打っている者もいれば、自分で作った消しゴムカスに首まで埋まっている者もいる。それでも鉛筆の手を止めてはいない。

血と汗で用紙をびっしょりと濡《ぬ》らす者、虚空に見えない存在を仰ぎ見て恍惚《こうこつ》の表情を浮かべる者、動かなくなった腕の代わりに、ギリリと鉛筆を食いしばる者——人の限界を超えてなお働き続ける、修羅たちの姿がそこにはあった。

「この業界は弱肉強食」

決まり文句を繰り返して、やおら黒服の男が立ち上がった。静かな足どりで、うろたえる男性のデスクへと近づいていく。

「働き方を決めるのは、おまえ自身じゃない。仕事の手を止める権利は、俺たちの誰も持ち合わせていない。全ては納期のために」

「あ、あ、あ……」

「右手が動かないなら左手を使え。頭が動かないなら本能で描け。泣き言は止めろ、呼吸もするな。死ぬ気でやって、死んでも息を吹き返し、不死身さながらの己を手に入れたとき——そこでようやく、俺たちは『アニメの神様』に出会える」

男性の背後に、黒服の影が立ち止まる。

振り返れずにいる間合い——腕が伸びて描きかけの原画を拾い上げると、さっと目を通しただけで、そのまま男性の頭上に降らせる。

「やり直し」

うわあああああああああああああっ……！

断末魔が迸《ほとばし》る。椅子を蹴飛ばして、デスクの男性は一目散に出口へと走った。うわーんという泣き声が、部屋の外から漏れてくる。

その影を見送る男に、表情らしい表情はなかった。

すぐに切り替えて、他の社員に意識を向ける。照明から遠ざかるように、また暗闇の中に黒い背中がふわりと消えた。

――この世界には、鬼がいる。

仕事に命を捧《ささ》げ、等しく同じ信念を要求し、納期と作品のためなら魂を売り渡すことも厭《いと》わない、業の道を行く「アニメの鬼」が。

第一話　退職手続きの心得

1

「カット上がり遅いよ！　なにやってんの！」

職場に、荒々しい声が飛んでいる。

四十坪ほどのフロア。三十近いデスクが並んで、それぞれの席で社員が仕事に没頭している。物が多い職場だった。積み上げられた段ボール、通路を塞ぐ封筒の山。ホワイトボードをパーテーション代わりに、ベタベタと私用か社用か区別の付かない付箋が一面を埋め尽くしている。

おそるおそる出入り口の戸を押して、平河東子《ひらかわとうこ》は受付の人間の姿を探した。

今年二十四歳になったばかり。スーツは社会人一年目の去年に新調した物だが、小柄なせいか、リクルートスーツと間違われがち。若々しい黒髪に、表情を引き締める黒縁メガネ。線が細い（学生時代のあだ名は小枝ちゃん）のが、目下最大のコンプレックスだったが、仕事に体格や年齢は関係ないと、心に決めた社会人二年目の東子である。

　肩にかけた鞄《かばん》をそっと下ろして、東子はうろうろと視線をさまよわせた。社屋はテナントビルの二階だったが、ここまでの間で、東子は誰とも行き会わなかった。フロアのガラス戸をくぐってみても、デスクのスタッフたちは誰も東子の方を見ようともしない。

　あるいは気づいていて、声をかける余裕がないのか。

「えーっと、平河さん？」

　自分から声を上げようとした矢先、視界の反対側から声を聞く。振り向くと、東子がくぐったガラス戸の向こうで若い男性が佇《たたず》んでいた。首から社員証を提げている。

　あっと思って、名刺を取り出そうとしたが、すぐにそれができない自分に気が付いた。就職祝いに友人からもらった名刺入れには、今は近所のコンビニのレシートしか入っていない……。

「あの、平河さんだよね？」

　返事ができないでいるところに、今度は訝《いぶか》しそうな相手の声。

　慌てて居住まいを正して、平河です、と頭を下げた。身長が低い分、さらに縮こまって見えるのが難点だ。

「俺は、デスクの須山《すやま》ね。よろしくー」

よろしくお願いします、と返したが、相手の軽い調子が気になった。

改めて須山と名乗った男性を見ると、初対面にしては、ちょっと馴《な》れ馴《な》れしい印象だった。

長めの茶髪。ゴムバンドで前髪を上げて、垂れ目がちな目が遠慮なく東子を見下ろしている。服装は、ダメージジーンズに色の濃いTシャツ。手元にもゴツゴツしたアクセサリーが目立って、一見して、どんな仕事をしているのか不明だ。

デスクと自己紹介されたが、その意味も東子にはまだわからない。

「平河さんって、ここに来るの初めてだっけ？」

「はい。採用は別口で」

「だよねー。平河さんみたいな可愛《かわい》い人、俺一度見たら、忘れないしー」

調子よく言って、社長は三階ね、と手招きしてくる。

黙って、東子も後ろに続いた。

フロアを出ると、すぐ正面が階段だった。テナントビルは四階建てで、三階にも事務所を借りているらしい。

「平河さんってさ、いい匂いするよね」

踊り場を過ぎたところで、振り返った顔が聞いてくる。

えっと思わず相手を見たが、とくに他意があるようには見えない。

「コロンは何使ってるの？」

「いえ、香水は付けてませんが……」

「じゃあ、シャンプーの匂いだ！　朝、シャワー浴びてきたでしょ？」

言いながら嬉《うれ》しそうな顔がニヤニヤと笑う。無遠慮に匂いを嗅ぐようにして、鼻先を東子の肩に近づけてきた。

「やっぱ女の子って、身だしなみって大事だよねー。俺ってそういう雰囲気に敏感だから。あと、見た目の印象？　平河さんって、背ちっちゃいしー」

気にしていることを言われてカチンと来るが、言い返す前に、相手の声が被《かぶ》さってくる。

「女の子って、小柄な方が可愛いもんねー。うちの新人にもさ、灰野《はいの》ちゃんって子がいるんだけど、その子も華奢《きやしや》で愛嬌《あいきよう》あるのよー。小動物系って感じ？　たしか、前の仕事でアイドルっぽいこともやってたみたいで……」

「失礼ですが」

べらべらと喋《しやべ》り続ける相手を、今度こそ東子は強い声で制した。さすがに雰囲気を察した様子で、須山の口もぴたりと止まる。

「差し出がましいようですが、今の須山さんの発言は、職場にふさわしいものとは言えません。場合によっては、ハラスメントに該当する恐れがあります」

「は、ハラスメント？」

「男女雇用機会均等法によれば、職場での性的な言動によって労働者の就業環境が害されることを、セクシャル・ハラスメント——セクハラと明確に定義しています。この場合、異性の容姿に言及し、その身体的特徴を言い立てる行為は、環境型セクハラの一種です」

あうあうと相手が何か口ごもったが、構わず東子は畳みかける。

「付け加えるなら、たとえ身近な同僚であっても、その前職を吹聴する行為もまた、個人情報の漏洩《ろうえい》と見なされかねません。当人が不在の場では、なおさら。どちらも、社内コンプライアンスの常識です」

「く、詳しいんだね、平河さん……」

「はい。私は、労務管理の担当者ですから」

胸を張って、東子はきっぱりと言い返した。

労務管理というのは、会社の本業とは別に、社内の職場環境を整える業務だ。

社内の規則を整備し、労働時間に気を使い、職場の安全衛生を管理する。会社と従業員の仲介者として両者の健全な関係性を構築するのが、労務管理者たる者の役目である。

「働き方改革」が叫ばれる昨今、職場環境の改善は、全ての企業にとって差し迫った問題だった。

セクハラ、パワハラが横行する職場なんてもってのほかだ。

「ぜ、前職って言えばさ……」

目は完全に泳いでいたが、軽い調子はそのままで苦し紛れの声が続ける。

「平河さんって、N建設だったんでしょ？　大手の」

「その話、どこから……」

「見た目によらないよねー。実は平河さんって、エリート系？　それとも、やっぱり女の子って就職には有利で——」

あいかわらず不適切な発言を繰り返す須山だったが、その声に、東子は言葉を返せなかった。ずんっと、腹の辺りが重くなる。

大手企業のN建設。その新入社員……空になった名刺入れが、スーツの中で重みを増したようにさえ感じる。

俯《うつむ》いた東子には気づいた様子もなく、なおも喋り続ける須山の声は、いっそう浮ついて響いた。

「でも、ほんと珍しいよね。そんな大企業から、うちみたいなアニメの制作会社に転職なんて！」

2

東子って生真面目だよね、とは友人たちの評だ。

でも、ちょっとヌけてるよねー、とも。

その評価を、全面的にではないけれど、部分的には東子も自覚はしていた。どのくらい部分的にかというと、だいたい、七割か八割くらい。

ほとんど全部じゃん、とこれも友人たちの指摘だったが、譲れない二割、三割が、東子の中にも残っているのだ。自分が、ヌけてばかりじゃないと……。

しかし、その再考を迫られる一件が、東子の社会人二年目に到来した。

まさに、青天《せいてん》の霹靂《へきれき》だった。

東子が新卒で就職したのは、業界でも三本の指に入る大手企業のN建設。そのこと自体、やっぱり友人たちの間で侃々諤々《かんかんがくがく》の議論――生真面目さとヌけ作の対立――を巻き起こしたが、東子にもそれなりの自負はあった。

建築の基礎も不動産の知識も持ち合わせていない。とある事情から、急遽《きゅうきょ》、就職戦線に乗り出さねばならなくなった東子にとって、武器になるのは熱意とがむしゃらさ、そして、持って生まれた真面目さだった。

私、精一杯頑張ります――！

就職面接でそう口にすれば、むしろ逆効果でしかない所信表明も、見る人が見れば本気であるのは伝わるようだ。結果、難関の就職試験を突破して、N建設への就職を果たした東子――だったのだが、東子にとってのこの世の春は、一年ほどしか続かなかった。

入社一年目で、東子が人事部に配属されたことはいい。

東子のきちっとした性格を見込んで、労務管理の仕事に就かせたのは、上層部の慧《けい》眼《がん》だったと思う。

そこで東子は労務管理のイロハを教わった。就業規則の徹底、職場の安全研修、社員たちのメンタルケア、ハラスメントの撲滅に、労働法の丸暗記――東子にとって大変だが、充実した日々が流れた。

事態が急転直下を迎えたのは、東子の入社二年目の夏。忘れもしない、夏用の薄手のスーツを下ろしたばかりのことだった。

『N建設、組織的な不正の隠蔽か？』

週刊誌の見出しに、センセーショナルな文字が躍った。

会社による、組織的な不正の隠蔽。建築基準法に違反する施工が十年以上前から行われており、それをマスコミに嗅ぎつけられて、焦った経営陣がバシバシと当時の責任者たちの首を飛ばし始めたのだ。

あまりにも稚拙な、トカゲの尻尾切り。

もちろん、それで世間が納得するはずもなく、ついには行政が動いて、会社は何十億という負債を抱えることになった。

業界的にも倒産だけは、阻止しなければならない。

業務の、規模縮小が始まった。そうなると、まっ先に目をつけられるのが、非生産部門である管理部門だ。経理、総務、人事と来て、東子が担当する労務管理の部署で、未曾有の大なたが振るわれた。

入社二年目ということもあり東子のリストラは当初見送られたが、同じ部署の先輩が一人辞め、二人辞め、ついに東子の教育係の恩人までが会社を去ることになって、東子自身も、自主的に手を挙げざるを得なくなった。

自分の居場所は、もうこの会社にはない……。

そんなとき、東子に救いの手を差し伸べてくれたのは、近しい親戚——父の弟である、東子の叔父だった。

うちの会社なら、東子ちゃんを引き受けられるかもしれない。

姪《めい》の窮状を知って、一報を入れてくれた叔父に、東子は感謝の言葉もなかった。

他の家族とは、あまりうまくいっていない。叔父は本家の平河とは距離を置いている印象で、だからこそ、同じあぶれ者である東子には、いつも優しい叔父さんでいてくれるのだった。

しかも叔父は、労務管理者として東子を雇いたい、と言ってくれたのだ。

やります！ どんなところでも私、頑張ります！

労務管理の仕事を、東子は天職だと感じていた。

入社して間もない頃、教育係の先輩から繰り返し聞かされた台詞《せりふ》がある。

「この仕事はね、『他者への共感』が大事だよ」

営業や企画とちがって、目に見える成果が出るものでもない。数字としての利益も出さない。でもだからこそ、他人を思いやって、その人の立場に立って、彼らが働きやすい環境を整えてあげることが、僕らの大切な仕事なんだ、と。

生真面目な東子の胸に響いたことはもちろんだが、何より、就職前の引け目を持つ東子にとって、それは自分こそが取り組むべき課題だと思われた。

もう誰にも迷惑はかけない。自分の足で立って、しっかりとした仕事に就いて、社会人として胸を張れるような生き方をする。

私は、誰かの役に立てる人間になりたい――。

正直、叔父が何の会社をやっているのか、東子はよく知らないありさまだったが、差し伸べられた救いの手を、握り返すのにためらいはなかった。

そうしてトントン拍子で入社を決めた東子だったのだが――のちのち明らかになったのは、東子にとってあまりに未知な世界。東子には縁遠い、アンダーグラウンドの業界だった。

アニメの制作会社……。

叔父に、そういう趣味があるとは、まるで知らなかった。

いや、叔父の話では知人に譲られて、という成りゆきがあるようだが、少なくとも東子にその手の知識はない。実家はとても厳しく、テレビも漫画も、雑誌の一つも与えられることはなかった。

うまくイメージできない分、東子には不安の方が大きかった。何しろ自分は、友人たちが評した通りのヌけ作だ。果たして、まともに業務が務まるのか。また前の職場と同じように、途中で辞めることになってしまうんじゃないか。

日を追うごとに、不安は増していく。しかも、入社の第一印象が、男性社員によるセクハラの応酬だったのだ。

天職と思って、殉じると決めた労務管理の仕事。

その決意だけは、揺らぐことはないと思っていたのだけれど……。

3

建物の三階、奥まった一室が社長室らしかった。

叔父の会社は、二階の全フロアと三階の一部を借り受けている。一階部分は、たしかアルミ関係の製造会社だ。フロアの、やけにがらんとした通路を抜けて、社長室の前まで来る。案内の須山がノックをして、中から気さくそうな声が返った。

室内に入ると、須山はぺこりと小さく一礼して、そのまま東子を残して去っていった。どうやら、案内だけの役目らしい。

叔父と二人だけになって、かえって、東子は気が楽になった。奥の席で、親しい叔父が笑って出迎えてくれている。

「いやあ、東子ちゃん。久しぶり」

飾り気のない声で言って、東子の叔父――平河進《すすむ》は嬉しそうに立ち上がった。白髪交じりの前髪を、くしゃりと掻《か》き上《あ》げる。

年齢を感じさせない、陽気さを漲《みなぎ》らせる叔父だった。たしか、年齢は東子の父親の五つ下で、まだ五十歳にも届いていないはずだ。

人懐っこい笑み。頬はふくよかで、笑うと口元に皺《しわ》ができる。一方で、手足はすらりとしていて、体格が控えめな平河家にあっては、その点でも異端児だ。百八十を超える長身に、仕立てのいいスーツを着こなしている。

豊かな笑みに、ちらりと見え始めた白髪の影さえ気にしなければ、東子が子供の頃から親しんできた、叔父の様子に変わりなかった。

「お久しぶりです、叔父さん……えっと、社長」

控えめに言って、東子の方から畏《かしこ》まる。

それを見て、叔父の顔がくしゃっと困ったように笑った。

「いやなんだよなあ、そういうの。でも、雇うって決めたのは俺だし……」

「だめですよ、特別扱いは。私は、この会社の社員になったんですから」

「そりゃあ、そうなんだけど」

まだぶつぶつと言って、姪の立場は……としつこかったが、最後には気を引き締めて、ゴホンと咳払《せきばら》いを入れた。

「歓迎するよ。ようこそ、8《エイト》プランニングへ」

「8プランニングっていうのが、アニメ会社の名前なんですね？」

「社名の由来は聞いてくれるなよ。なにせ、俺も一年前にここを引き受けたばっかりだ」

事前の話で、知人から譲られた、と聞かされたとおりだった。

それまでは叔父は雑誌の編集者をしていたらしい。手広く時事を扱う総合雑誌で、一度アニメの特集があって、その縁で前任の社長と知り合ったのだという。

「人間万事塞翁が馬。成りゆきって話なら、今の東子ちゃんにも身に染みてるだろうけど」

「はい……」

「東子ちゃんさ、アニメって見る？」

行儀悪く机の縁に腰を下ろして、叔父がそう聞いてくる。懐からタバコを取り出そうとしていたが、東子の視線に気づいて自重してくれた。

小さく笑って、東子が答える。

「正直、今まで縁はありませんでした。知ってると思いますけど、父はそういうことには、すごく厳しい人だったから。でも、アニメが今の日本経済にとって、とても重要なものであることは知ってます。クールジャパンとか、インバウンド振興とか。海外でも日本のアニメはすごく評価されていて、国の方でも積極的な支援を……」

「ああ、いいのいいの、そういうのは」

きっぱりと言い切って、叔父は手を左右に振った。そのあとで、またちらりと訴える視線を寄越してきたが、今度は東子の反応を待たず、タバコの箱を取り出した。一本取って、またたく間に火をつける。

「東子ちゃんの今の話ってさ、お役人からよく聞く話。しょせんあの人たちって、全然、アニメ見ないいんだよね」

「えっと、私は……」

「ああ、別に東子ちゃんを責めてるわけじゃないから。俺も、仕事以外じゃろくに見ないしね。今でもそうなんだよ、この国の大人は」

ぷはあ、と豪快に煙を吐いて、「ゴメンね」と言いながら、すぐに灰皿で火を揉《も》み消《け》す。どうやら、一口だけで満足したらしい。

「ようするにね、アニメは子供のものって、意識がまだこの国には根深いの。若い人は別にして、俺らの世代とか、もっと上とか、ぜんぜん視界に入ってない感じ。日本経済の救世主と崇《あが》めるアニメ産業を、じゃあ、誰が作ってるのって、誰も答えることができない」

癖なのだろう、もう一本タバコを取り出そうとして、思い直したようにタバコの箱をくしゃりと潰す。

「問題はさ、どういう作られ方をして、どういう仕組みがあるのかって、誰も興味を持とうとしないこと。そこに、どんな歪《ひず》みがあるのか、とか」

「ひずみ……」

「この業界はキツイよ。金銭的にも、体力的にも。だから、若い人間がなかなか育たない。みんな、夢を持って集まるんだけどね、実際におまんまが食えないんじゃ……ま、早い話が典型的なブラック企業だ」

言ったとき、叔父の目に怒ったような険が見えた。普段は穏やかな叔父の、心根に激しい気持ちがあることを東子はよく知っている。

「この会社もね、ほんの十年前まではもっと規模が大きかったんだ。元請け会社ってわかる？　とにかく従業員も倍近かった。三階のフロアだけやけにがらんとしてるのは、その頃の名残だよ。今は社長室一つきりで、あとは空き部屋と倉庫。この隣の部屋なんか、十年前の資料と原画で一杯だよ。兵《つわもの》どもが夢の跡ってね」

言いながら、部屋の壁をトントンと叩《たた》く。薄いドアのガラス越しに、資料棚が並んでいるのが東子にも見えた。

「おやっさん……前任の社長から会社を譲られて、俺も考えた。このままじゃ、会社が立ちゆかない。引き受けた以上さ、俺にはこの会社の連中を守ってやる義務があるんだ。そんなとき東子ちゃんの話を聞いて、正直、ちょっと運命を感じた」

「私が前の会社を辞めた話。相談できたのは、叔父さんだけでした」

「労務管理の仕事だろ？　優しい東子ちゃんにはぴったりだ。東子ちゃんなら、きっとこの会社の人間のことも真剣に考えてくれる」

「私は……」

「社員に、当たり前の仕事と、当たり前の生活をさせてやりたいんだ。薄給で重労働をしいられて、家にも帰れない、風呂にも入れない。家族を持つなんて、よっぽどの覚悟がないと無理。若い連中は未《いま》だに仕送りに頼ってる。そんな会社じゃ明日も保たない。業界自体が成り立たないんだ。だから、大きな会社で労務のノウハウを学んだ、東子ちゃんの力が必要なんだ。この業界を変えるために」

叔父の、熱意にあふれた視線とぶつかった。姪を思う気持ちと一緒に、確かな信頼が伝わってくる。

当たり前の仕事に、当たり前の生活。会社の中で忘れがちなその部分を守ることこそ、労務管理者の役目だった。誰かのために尽くす。縁の下の力持ちとなる。前職で東子が知った一番の教えだ。

「私にできることは……」

自分の気持ちを見つめ直して、東子は言葉を嚙《か》みしめた。顔を上げて、叔父の正面を見据える。

「前の会社で教わったのは、人の気持ちを思いやること、他人への共感を持つことです。私に何ができるのか、アニメ業界のこともまだ何もわからないけど……やれることをやってみようと思います。それがこの会社に拾ってもらった、恩返しになると思うから。私は、誰かを支えられる人間になりたい」

「うん。東子ちゃんなら、きっと大丈夫だよ」

穏やかに笑った叔父の顔が、東子の気持ちを後押ししてくれた。

不安に思う気持ちはまだある。けれど、一度引き受けたこと。自分にできることがあるなら、精一杯尽くしてみよう。労務管理は、自分の天職なのだから。

「なら、さっそく今日から頼むよ。当社の人事部に配属ってことで」

「こちらこそ、よろしくお願いします」

「まあ、『人事部』なんて格好つけても、今は名前だけね。メンバーも東子ちゃん一人だし。総務的な雑務も、お願いすることになるかも」

「大丈夫です。前の会社で一通り学びました」

「それじゃあ、まずは会社のことを知るところから始めようか。労務の仕事といったって、現場を見なくちゃ始まらないからね。えっと、うちで一番、現場に詳しい人間って言ったら……」

4

演出の堂島《どうじま》蕎太郎《きょうたろう》は、不機嫌だった。

上下黒の服装。野暮ったいと言われる癖毛も加わって、死神と揶揄《やゆ》されることも多かったが、堂島の本来の異名は「アニメの鬼」である。

どんなハードなスケジュールでも、堂島が演出を担当すれば、納期が破られることはない、と信じられている。自分の職権を飛び越えて、現場を管理する「制作」にもアニメの絵を描く「作画」にも口出しをためらわないからで、堂島の鶴の一声で、徹夜が二日三日続くことはざらである。

かつては、依頼元のプロデューサーにまで嚙みついて、一悶着《ひともんちゃく》起こしたとも、人の噂《うわさ》に語られている。

真相を本人が口にすることはなかったが、とにかく強引な手法とアニメ第一の情熱で現場を引っ張っていくのが「アニメの鬼」たる堂島の真骨頂だった。

本人も、それなりの自負はある。

8プランニングは、グロス請けを主にする制作会社だ。

アニメ制作にも「元請け」「下請け」の区別があって、大きな会社がテレビシリーズを受け持つ一方、その中で一話だけ二話だけ、と各話数分の制作を任されるのが、いわゆるグロス《全体》請けである。

発注元の会社によっては理不尽なスケジュールを要求してくる場合もあるし、そもそも金払いが怪しい会社も存在する。それでも、下請け《グロス請け》として、最大限の仕事をこなし、クライアントの意向に可能な限り添って来たからこそ、今の堂島と、8プランニングの評判があるのだった。

アニメ作りは、伊達《だて》じゃない。しかし、その大前提を、わかっていないやつが多いのは……。

「堂島さん。今日分のカット上がりやしたー」

自席の横に回り込んで、制作デスクの須山がカット袋の束を手渡してくる。分厚い茶封筒の一つ一つには、アニメ作りの核となる「原画」が収められている。

「堂島さん、また寝てないんスか？」

目の下の隈《くま》でも見つけたのだろう。須山があきれた様子で聞いてくる。

「裏のベンチで三十分寝た。作画も同じもんだろう」

「堂島さんが帰らないから、全員、気を使ってるんすよ。会社からは、終電までに帰れって言われてるのに」

一年前、社長が代わって、会社の方針も大きく動いた。今までは、寝袋持参が当たり前の業界だったが、今では労働法だ、規則がどうのとやたら口うるさい。スタッフの健康に気を使うのもわかるが、それで納期を落としでもしたら、会社自体が潰れることを、上の人間はわかっているのだろうか。

それに甘えるスタッフの方にも問題がある。

徹夜が嫌なら、もっと手を早く動かせ、と堂島は思う。

「規則って言えば……」

何かを思い出したように、須山が人の悪い笑みを浮かべる。

「堂島さん、見ました？　あのスーツの子」

「スーツ？」

「俺、リクルートスーツかと思いましたよ。童顔で、ちっちゃくて。そのくせ、ずけずけとものを言ってくる」

それはセクハラですから～！と、たぶん本人のものまねをして、須山は唾を飛ばしている。

そういえば、職場に見慣れない格好がいたのを、ちらりと目にした気もする。

アニメの現場でスーツを着ている人間は稀《まれ》だ。プロデューサーや役員クラスでも、わりとカジュアルなのが業界の通例だった。

「俺、さっそくやられちゃいましたよ。コンプライアンスがどうとか。倫理の意識が希薄ですって」

「スケベなのは、その通りだろう？」

「いや、自分、基本二次元専門っすから。三次元は、おつまみ程度に」

どうでもいいことを言って、本人はニヤニヤと笑っている。須山のデスクには、エロ同人誌とグラビア雑誌が交互に積み重なっていると、もっぱらの噂だ。

「なんか、労務管理とか言ってましたよ。職場環境を改善する……」

「労務管理？」

「俺が、社長のところまで案内したんすけどね」

それだけで、だいたいのことはわかりそうだった。

あの現場を知らないぼんくら社長が、また何か企《たくら》んでいるのだろう。職場の改善と言うのだから、残業を減らせとか私物を持ち込むなとか。それとも、トイレ掃除でもやらされるのだろうか。

「その女、年はいくつだ？」

「へ？　堂島さんこそ、三次元に興味ありましたっけ？」

「バカな。俺は、アニメ作り以外には興味がない」

「そっすよね。堂島さんに限って……」

同僚にどんな色眼鏡で見られているか疑問だが、とにかく、須山の酔狂に付き合ってやるつもりはなかった。

「二十代前半ってとこじゃないすかね。黒縁メガネが妙に似合ってて、ちょっと取っつきにくいっすけど」

「大学を出て、二年目くらいか」

「あー、あれはまちがいなく女子校っすね。しかも、寮暮らし！　あるいは、禁断の恋も……！」

はうーん、と身をくねらせながら、須山は理解不能の妄想に入る。

ひじ鉄で追い返して、堂島は相手のことを想像した。畑違いの堅物女。職場を引っかき回すのは、まちがいない。

この会社は、俺たちの城だ――。

他人にどうこう言わせるつもりはなかった。部外者に、アニメ作りのイロハが理解できるはずもないのだ。これまでこの会社が作り上げてきた、信念、情熱、哲学、鉄則。くだらないコンプライアンスとやらが、幅を利かせるのは許さない。

「一つ、からかってやるとするか」

妙案が浮かんで、堂島はニヤリと笑う。

仕事道具のストップウォッチを握りこんで、本日の調子を確かめた。

デジタル画面は、三秒ちょうどで停止していた。

5

「新人の平河です。よろしくお願いします」

演出担当の堂島蕎太郎を前にして、東子は深々と頭を下げた。礼儀と言葉遣いは、職場マナーの基本だ。新しい職場であるからこそ、東子はきちんとしたかった。

「演出の堂島です。よろしく」

椅子に座っていたところを立ち上がって、相手が右手を差し出してくる。東子が手を添えると、柔らかい手つきで握り返した。目元は鋭かったが、口元に柔らかな微笑が浮かんでいる。

社内の演出担当。

それがどういう役割なのか、東子にはまだわからなかったが、社長の叔父が推薦したのだから、重要なポジションであるのはまちがいない。

ひょろりと痩せた体軀《たいく》。上下とも黒の服装で、癖の多い黒髪は野暮ったかったが、威圧的な長身の一方で、物腰は極めて常識的だ。

伏魔殿のアニメ業界——戦々恐々、警戒する気持ちもあったが、紹介された人物は今のところ社会人の礼儀をわきまえている。

「堂島さんは、このお仕事は長いんですか？」

「上から数えた方が早いかな。入れ替わりが多い業界だから」

言うわりには、本人は三十を超えていない印象だ。子供っぽいと言われがちな東子ほどではないが、首の細さや肌のつやに若々しさを感じる。

「この業界は、初めて？」

おっとりと質問を返されて、東子は慌てて対応する。

「申し遅れました。前職では、人事部で労務管理の仕事をしていました。労務管理というのは、本業をサポートする部署で……つまり、職場の改善業務と思っていただければ、わかりやすいと思います」

「はあ。職場の改善を」

「なにぶん、アニメの業界にはうとく、まだまだ不勉強の身です。厚かましいお願いですが、本日は何卒《なにとぞ》、ご指導よろしくお願いします」

言って、もう一度頭を下げる。さすがに慇懃《いんぎん》かと思ったが、自分が知識ゼロであるのはまちがいないのだ。この職場で何が問題で、どんな課題が見い出せるのか、実際の現場を知らないことには、最初の一歩を踏み出すこともできない。

「わかりました。請け合いましょう――灰野」

にこやかな口調で言うと、続けて、通路を挟んで向こうのデスクに声をかける。

ガタッと、ちょっと異常な勢いで女性社員が立ち上がった。

Tシャツにジーパンのラフな格好。化粧っ気も薄いように見える。

「制作進行の灰野だ。今は、俺の演出作品を担当してもらってる」

言われて、灰野と呼ばれた子がぺこりと頭を下げた。

名前に聞き覚えがあると思ったら、案内の男性がアイドルがどうとか口を滑らせていた子だろう。たしかに、小柄で可愛らしい容姿をしている。

「会社の人間をざっくり分けると『制作』と『作画』の二通りある。制作は、作品のスケジュールを管理する業務。作画は読んで字のごとく、アニメーションの絵そのものを描く仕事だ」

「それで、灰野さんが堂島さんのスケジュールを管理していると……その場合、堂島さんの演出というお仕事は？」

「演出はアニメーションの演技プランを統括する仕事。話数ごとの現場監督だ」

「監督っていうのは、たとえば、映画のスピルバーグとか……」

「アニメ業界の独特な言い回しでね。テレビシリーズが十二話あるとすると、その全体を見るのが監督の仕事。話数ごとに映像を作るのが演出家の役割なのさ。監督が、全部の工程に口を出すことはほぼ不可能だから」

話を聞いても、イメージするのは難しかった。東子が考えている以上に、アニメというのは複雑な工程で作られているのかもしれない。

たとえば、漫画家一人が、えいやと一気呵成《いっきかせい》に作るものでないことは、まちがいないだろう。

「その中で演出家は、キャラクターの動きや表情を決めて作画の人間に指示を出す。もちろん、テレビシリーズを通じたお約束ごとはあるけれど、実際に動かすものをイメージするのは、各話の演出の仕事だ。俺たち演出家は、自分たちが作品の設計図を担っている、という自負を持っている」

「わかります。自分の仕事に誇りを持つこと。堂島さんは、アニメ作りに真剣なんですね？」

「嫌々でこの仕事をやる酔狂はいないさ。とにかく監督、演出、作画、制作、音響、様々なセクションが連動して、一話三十分のアニメーションを作り上げる。実際に関わる人数は、末端の動画まで含めると百人以上。制作期間三ヶ月にわたる、一大プロジェクトだ」

言いながら、一度フロア全体を見渡すような仕草をした。

四十坪ほどの職場。机の数は、三十をちょっと超えるくらいだから、今の話で考えると、アニメを一つ作るのに自社だけで賄っているのではないのだろう。外注にも出して、セクションのいくつかは丸ごと外部にあるのかもしれない。

それでも、その中核がこの職場に——8プランニングという会社にあるのだという自負が、話の端々から感じとれるのだった。

「みなさん、社歴はどのくらいでしょうか？」

「言ったように、入れ替わりの多い業界だ。それでも、この会社は二十年続いているから、最ベテランで十五年以上、俺が中堅どころでほぼ十年。その下が、五、六年が大半だな」

言われたことを、忘れないように東子は逐一メモしていった。従業員の社歴や構成を知ることが、のちのち、労務管理をする上で重要になってくる。

「最後にもう一つ……」

話が一区切り付いたのを見て、東子は改めて問いかけた。

「就業規則は、どちらに置いてありますか？　おじさ……社長にお会いしたとき、聞き忘れてしまって」

就業規則をまとめた書類は、事業所ごと、社員が閲覧できる場所に保管することが義務づけられている。就業規則は、社員と会社との約束事だから、当の社員が確認できなければ意味がないのだ。

「そんなものはない」

えっ?と一瞬意味がわからなくて、東子はメモの手を止める。

改めて堂島の顔を見ると、目元に強い険が見えた。先ほどまでの穏やかな笑み——歓迎の色は消《き》え失《う》せて、厳しい顔が前面に出る。

「就業規則が、ない……?」

「あれは、ただの紙切れだ。この会社には必要ない」

「で、ですが、従業員が十人を超える事業所は、就業規則を定めるよう労働基準法で義務づけられて……」

「あいにくだが、俺たちは労働者じゃない」

突きつけるようなその声にも、さっきまでの歓迎ぶりはなかった。戸惑う東子の正面に、際どい視線が突き刺さる。

「法律や規則なんてものは、普通のサラリーマンが守ってればいい。俺たちは志あるアニメーターだ。納期と作品のクオリティを保つことが、全てにおいて優先される」

「そ、それでも、会社組織である以上は守るべき規則とモラルが存在します。私たち労務管理者は、その信念に基づいて……」

「勘違いしてるようだから一つ忠告してやる。ここは大手企業のオフィスでも、公務員のお役所でもない。アニメの制作会社――生き馬の目を抜く戦場だ。俺たちは、命懸けでアニメを作ってる」

「命懸け？」

「法律で納期が守れるなら、六法全書を手元に置くさ。そうして甘やかされたスタッフに、作品のクオリティを保つことなんてできやしない。健全な職場なんてものは、絵に描いた餅だ」

「……」

「規則や建前じゃ務まらないさ。この業界は弱肉強食――今にその意味がわかる」

思わせぶりに言ったあと、見計らったように、デスクの電話が鳴った。

はい、と応対したのは、先ほど灰野と紹介された女性社員だ。

何事か話し込んだあと、えっとうろたえるようなうめきが上がった。青ざめた顔が持ち上がる。

「堂島さん」

震える声が、何かにすがるようだった。

察して振り向いた堂島の正面に、女性の声が裏返る。

「原画家さんが、飛びました」


飛ぶ、跳ねる、消える――？

脳裏に様々な連想が浮かんだが、東子にも理解できたのは、それが緊急事態であることだ。

職場の空気が、とたんにぴりつく。誰もが作業の手を止めて、次の展開を見守っている。遠いデスクから、聞き耳を立てるたくさんの気配が伝わった。

「相手は誰だ？」

最初に反応したのは、演出担当の堂島だった。

今にわかる、と笑った口元は、すでに厳しさで張りつめている。目元に浮かぶ険しさも、先ほど東子を相手にしたときとは、まったく別ものだ。

「外注でお願いしたマキノさんが。今、倒れて病院にいるって……」

「前半の山場のカットか。今日までの上がりはどうなってる？」

「半分も回収できてません。マキノさん、自分はスロースターターだからって……」

どうやら、制作上のトラブルらしい。焦る女性の様子から、かなり差し迫った状況だとわかる。

「本人と連絡は？」

「話せてません。電話も繋《つな》がらないし、今の連絡も知り合いを通して。どうしよう、今日までに全カット上げるって聞いてたのに……」

「あの」

場違いとはわかっていたが、思わず東子は口を挟んでいた。

堂島の、硬い表情が振り返ってくる。

「その方、病院にいるんですよね？　今、『飛んだ』って……」

「連中の常套《じょうとう》手段だ。今はハワイか、沖縄か。親が『三人』死んだって話も珍しくない」

「すると、仮病？」

「雲隠れも、立派な才能だな。締め切り間際の原画家の言い分を鵜呑《うの》みにしてたら、アニメなんて、来世まで出来上がらない――須山！」

フロアの向こうに声を飛ばして、すぐに「ハイなり！」と返事が来る。

手を上げたのは、東子を最初に案内した、例の制作デスクの男性だ。

「代わりの原画マンを探してくれ。手の速そうな人間を総ざらい」

「作画監督に投げるのは？」

「ダメだ。作品全体のクオリティに差し障る。海外に投げるのもなし。念のため、俺が発注の準備だけはしておく」

「了解《ラジャー》！」

「灰野はすぐに車の手配だ。自宅にいないか、一応、確認を取れ。それから、手の空いてる人間で、撮影スタジオと仕上げに連絡。おそらくデータの入りが二、三日遅れる。頭を下げる準備をしておけ！」

矢継ぎ早に指示を出して、堂島はすっかり現場を掌握していた。

職場が一つの生き物になったみたいだった。制作も作画の人間も、全員が堂島の一挙手一投足に注目している。

それぞれの手は休めていない。いつ堂島の鋭い声が、自分を呼ばないとも限らないのだ。

「おい。スーツの新人」

思っていると、剣呑《けんのん》な視線が東子を捉える。

一応、周囲を見回してみたが、スーツを着ているのも、新人らしいのも、どうやら東子一人のようだ。

「おまえは、灰野の付き添いだ。二人で、相手の自宅を当たれ」

「わ、私が？」

「最悪、部屋に踏み込む。女の方が何かと言い訳が立つ」

「い、言い訳って……！」

人としても、労務管理者としても受け入れがたい指示だったが、ニヤリと笑ったその顔が、意地悪そうに続けてくる。

「現場を学びに来たんだろう？　新人の労務管理者さんは」

「そ、それは……」

「渡りに舟だ。現場の実際を肌で知る機会。仕事を完遂するつもりなら、死ぬ気でやれ。相手の首根っこを捕まえるのが、制作業務のレッスン１だ」

「でも……！」

抗議の声を続けたかったが、目まぐるしい職場の雰囲気が、東子にそれを許さなかった。行け！の声に押されるがまま、慌ただしく事務所から追い出される。

建物の外まで来ると、会社の前に灰野が車を回していた。白の軽自動車。側面にかすれた文字で『8プランニング』とロゴが打たれている。

やけっぱちの気持ちで、助手席に収まった。

「シートベルト、お願いします」

カーナビに行き先の住所を打ち込みながら、灰野が緊張した面持ちで言ってくる。

「灰野さんも大変ですね。こんな役回り……」

同情と、同じ境遇の親しみから声をかけたが、血走った彼女の目に、東子の言葉が届いた様子はない。

「灰野さん……？」

「シートベルト、お願いします」

同じ文句を繰り返して、灰野の声はさらに張りつめて聞こえる。

「あの、一応確認なんですけど、灰野さんの運転歴って……」

「シートベルトを、必ず」

覚悟の声で言い切ると、ぐっとアクセルを踏み込む。そろり車が動き始めたが、大通りに合流すると、たちまち、東子の体をGが襲った。

どんっと、背中が座席に押しつけられる。

「は、灰野さん、スピードが……！」

「制限速度内です」

やはり硬い声が返ってくる。

そのまま車は加速を続け、前方の車を次々と追い越していく。ハンドルの動きが、風車《かざぐるま》のようだった。右に左に急旋回して、そのたびに、東子の首があらぬ方向へ持って行かれる。

「灰野さん！　焦る気持ちはわかりますが、安全第一……！」

「制限速度内です！」

言いながら、さらに強くアクセルが踏み込まれる。

たまらずスピードメーターを確認したが、恐ろしいことに、彼女の言うとおり速度は制限内に収まっていた。そのまま、体感速度は加速し続けて――。

「灰野さん！　ストップ、ストップ！　このままじゃ、私たちが病院送りに……！」

「制限速度内です！」

気を吐くような一声のあと、東子の視界が真っ白に染まった。


「お疲れっすー」

一時間後、東子の体は8プランニングの事務所へと戻っていた。

正直、どうやって戻ってきたのか、たしかな記憶がなかった。須山がペットボトルのお茶を差し出してくれたが、何もかも、現実感が薄い。

「日本の道路って、左側通行でしたよね……？」

「アウトバーンじゃあるまいし。まあ、灰野ちゃんの運転ってことなら、無理もないけど」

全てを承知している様子で、須山の目が同情に染まる。

結局、原画家宅への家捜しは空振りに終わった。管理人さんまで巻き込んで、アパートの部屋に踏み込んだものの、ワンルームはもぬけの殻。

続けざま、連絡のあった病院にも向かってみたが、こちらも狂言という推察通り、本人がいた形跡はなし。

この際、沖縄でもハワイでも、できるだけ遠くに逃げたらいい、と思う。

「一応、代わりの原画家さんは見つかりそうだよ。それに、本当にいよいよとなれば、堂島さんが自分で描くだろうし」

「絵も描けるんですか、演出の人って」

「あの人は、作画の出身だから。それから制作に回って、アニメ作りのイロハを学んだ。ハイブリットなんだよ。あの人は、ちょっと特別」

特別、と言った声の中に、同業の誇らしさと、突き放したような距離を感じた。同じアニメ業界の中でも、堂島という人間はどうやら異端の存在らしい。

そう思って、そろりと社内の彼に目を向ける。

自分のデスクに陣取って、あれこれ指示を出したかと思えば、連絡の電話をかけ、同時に忙しく手を動かしている。アニメ作りは命懸け——言った言葉が、嘘《うそ》でないことの証明だった。少なくとも、彼自身にとっては。

「逃げた原画の人って、どうなっちゃうんですか？」

修羅場を見る一方、対極の立場にある人間のことが、ふと気になってしまう。

「まあ、しばらくは干されるんじゃない？　狭い業界、噂なんてすぐに回るし。でもその前に、堂島さんが許さないと思うな。あの人、とことん追いこむから」

「追いこむ……」

「この前も、作画の新人が目をつけられてさ。アニメ作りを理解してないって。本人が付きっきりで、三日も会社に缶詰めにしたんだ。風呂、帰宅、一切禁止」

「その新人さんは……？」

「もちろん、泣いて逃げたらしいよ？　そりゃそうだよね。堂島さんのやり方は、昭和のスポ根も真っ青だから」

しれっと話をしているが、それが本当なら大問題だ。コンプライアンスの遵守以前に、業務の強制、恐喝、拉致監禁なんてことまで……。

「アニメ業界は弱肉強食。堂島さんの口癖。アニメ作りを冒瀆《ぼうとく》するような人間は、絶対に許さないんだ。その厳しさから『アニメの鬼』なんて言われてるし」

角は見たことないけどね、と相変わらずの軽口を言って須山は東子の前を離れた。

彼自身にも、当然、仕事は残っているのだ。

アニメの鬼――しっくりとくるフレーズに、東子の肩がぶるりと震える。

決して他人事《ひとごと》じゃなかった。今日の一部始終を見せつけられて、その牙がいつ自分に向けられるか……。

思った矢先、東子の前に長身の影が立った。黒の上下の、ひょろりとした体型。

「スーツの新人」

その呼び方を改めるつもりはないらしい。

声も出せない東子の正面に、薄く笑った口元と、右手に揺れる車のキーが見て取れた。

「休んでる暇はないぜ。もう一件、現場研修だ」

6

「ただいま……」

自宅のマンションに帰り着くと、東子はすぐさまベッドに突っ伏した。

顔を洗わなくちゃいけない。このまま眠ってしまうなら、せめて、スーツだけは着替えないと……。

理性がささやかな注意を促していたが、体全体の疲労が、東子にもう指先一つ動かす元気を与えなかった。息をするのも億劫《おっくう》だ。

「疲れた……」

心底吐き出した。それは一週間の恨みつらみの塊だった。

アニメ制作会社、８プランニングに入社してからの一週間。

研修の名目で、制作の仕事を手伝うことになった東子だったが、そのあまりの目まぐるしさに、実際に目を回したのは承知の通り。

トラブルの発生はもちろん、何もなくても、息つく暇もないのがこの業界の常識らしい。

日中は、事務と電話対応。夜になると、外注に出した原画の進捗状況の確認のため、社用車を走らせる。

帰宅時間は、深夜零時を回るくらいなら順調。

午前二時、三時と時間が押して「もう出来上がります！」という原画担当の言葉を信じて、社内で朝日を拝むこともしばしば。結局、原画は上がってこない。

その間に、また誰それが逃げたとか、スタッフの誰かが倒れた、とか、果ては重要な書類を紛失した、トイレが詰まった、十年前に亡くなった祖母の顔が見えた……極限状態のスタッフたちには、気の休まる暇もなかった。

業務の過酷さは、社内に詰める作画陣も同様である。

描いても描いても、業務ノルマは終わらなかった。一つのアニメ作品で描かれる絵の枚数は、おおよそ五千枚。背景や３Ｄのデータなどを含めると、さらに膨れあがるという話だが、三十名足らずの社内スタッフのみで、それらをこなせるはずもなかった。

とは言え、作画スタッフの多くが、出来高払いの変則的な契約社員だ。一枚二千円前後で仕事を請け負い、夜となく昼となく、描き続けるのが彼らの業務である。作業の量に、自分の生活がかかっている。

深夜二時の帰り際、作画スタッフの大半が自席で仮眠を取っている姿を、東子は目にする毎日だった。

たぶん、これを思い知らせることが、あの男の目論見《もくろみ》だった——。

過酷な一週間を終えて、東子もようやく理解する。

最初、穏やかな歓迎を装ったのは、東子を油断させ、業務に引き込むため。

一度、アニメの現場を知ってしまえば、正論や建前なんてなんの意味も持たない。

職場の改善なんてお題目は消し飛んでしまうにちがいない、と東子の職務を潰しにきたのが、アニメの鬼、堂島薔太郎の目論見だった。

悔しいけれど、その企みは効果覿面《てきめん》だ。

たった一週間の研修で、東子は自分の無力を突きつけられた気分だった。前職で労務管理を担当したときとは、まるで勝手が違う。

他者への共感？　働きやすい職場環境？　そもそも、そんなこと誰も望んでいない場所で、東子の唱えるお題目など、誰が聞いてくれるだろうか。

少なくとも、あの堂島という男には、馬の耳に念仏ほども響きはしない。

「この業界に来たの、失敗だったかな……」

ベッドの上で動けないまま、東子は本気で考えてしまう。

叔父の手にすがって、飛び込んだアニメの世界。業界を変えたいんだ、というその話にも共感できたし、できるなら、自分の手で会社の人を助けたいとも思う。

けれど、そのやり方がわからなかった。

アニメ作りの大変さと、自分の無力を痛感するばかり。

そもそも、自分に力がなかったから、N建設を辞めることにもつながったのだ。

労務のイロハを教わっておきながら、傾いていく会社の、なんの力にもなれなかった。

新米社員のやれることに限界はあるが、もしあのとき、もう少しだけ踏み留まることができたら、未来は変わっていたんじゃないか。こんなふうに、畑違いの苦労を背負い込むことなんて……。

夜が更けるにつれ、気持ちはどんどん暗くなっていく。

時刻は、深夜の三時過ぎ。

明日は六日ぶりの休日だったが、東子の気持ちが晴れることはない。

きっと部屋から一歩も出れないだろう、そう断言できることが悲しかった。

7

「東子ちゃん。ちょっといいかな？」

週頭、社長の平河進が、東子のデスクに顔を出した。

東子の席はフロアの片隅――壁際に追いやられている。

作画や制作のデスクとは隔絶された距離。ご丁寧に、二重三重のパーテーションが張り巡らされて、いわば社内の牢獄《ろうごく》だ。誰かが電話をしている声が遠くに聞こえる。

堂島蒼太郎の「配慮」であるのはまちがいなかった。

就業規則なんてない。言い切ったアニメの鬼が、労務管理者である東子を、遠ざけたがっているのはわかる。あからさまに「この会社には必要ない」と言い切られているようで、東子は月曜の朝から、気分が良《い》いはずもなかった。

そんな気分を知って知らずか、叔父の進はにこやかな調子で続ける。

「東子ちゃんにお願いしてた仕事の件、労務管理の話」

「はい。現場研修は、一段落しましたけど……」

地獄のアニメ作り体験は、先週の一週間で、一応お役ご免となっている。堂島にしても、これで懲りたろう、と高をくくっているのかもしれない。実際、東子の腹に重苦しい後悔がのしかかっている。

「東子ちゃんには、やっぱり担当の仕事をしてもらいたいから。N建設から、引っ張ってきた借りもあるし」

「それは、私が自分で辞めただけで」

「本当？　残ろうと思えば、残れたんじゃない？」

たしかに、自主的に退職を願い出たのは自分の考えだ。次々と先輩たちが辞めていく状況に、東子一人では耐えられなかった。

辞めたあと、先輩の誰かに付いていく選択肢もあったが、東子はしばらく、仕事のことを考えられなかった。

「前の職場と、同じように仕事してくれたらいいんだ。それが一番、この会社にとって有益だから」

「私、必要とされてるでしょうか？」

「どうしてそんなことを？」

「堂島さんとは考え方がちがって……」

告げ口するようで、職場で浮いている自分を叔父である社長には伝えられてなかったが、事実として、東子の労務管理者の能力を問われる場面は未《ま》だない。労働時間の改善、風通しの良い職場環境、お題目だけは前向きだが、実際のアニメ制作現場にそれらを持ち込むのは、東子には荷が重すぎる。

「うーん、東子ちゃんには期待してるところだけど」

難しそうな顔をして、けれど、東子を見る目は変わらず温かい。

「東子ちゃんの思うようにやってみたらいいんじゃないかな？　労務管理に関しては正直、こっちも専門外だし」

「だけど……」

「急がないよ。今日明日で、変えられる業界じゃないんだ。まずは足元から見ていかなくちゃ。たとえば、このパーテーションとか」

言いながら、悪戯《いたずら》っぽい笑みで、二重三重のついたてを突っつく。東子が置かれている状況を、一応は理解してくれているようだ。

「社長、ところでご用件は？」

「おっと、そうだった。可愛い姪の人生相談ばかりじゃいけない」

あながち、満更でもない様子で言ってから、脇に抱えていたファイルを手渡してくる。用紙が束になって収まっている。

「東子ちゃん。退職者の処理って、やったことある？」

「それは、人事部の業務ですから。一通りのやり方なら」

「よかった。任せられる人がいなかったんだ」

まとめたファイルを手放すと、叔父は肩の荷が下りたような表情だった。

一年前に会社を譲られたばかり、というから、細かい事務処理なんかはまだわからないことも多いのだろう。

「誰か、辞めちゃうんですか？」

「うんまあ。入れ替わりの多い業界だし」

「待遇に不満があるとか？」

「その辺のことも、実はまだ手付かずなんだ。本当なら、まずは上長に話が行くところを、いきなりこっちに話をしに来てね。よかったら、東子ちゃんの方で処理してくれない？」

「わかりました。資料、確認してみます」

渡されたファイルを正面に置いて、叔父の顔に頷《うなず》き返す。

立ち去りかけた叔父の足が、あっと思い出したように振り返った。

「それから『社長』はなしね。東子ちゃん」

「公私混同なので、承伏できません」

「ちえ。そういうところは、お堅い兄貴に似たよなあ」

ばつが悪そうに笑って、今度こそ、パーテーションの向こうに消えた。

8

叔父に渡された資料を確認してから、東子はさっそく当該の人物にコンタクトを取った。

退職希望者の名前は、各江田《かくえだ》正樹《まさき》。入社二年目の二十五歳で、作画スタッフの一員だ。美術学校の出身だと言うから、素人目にも優秀な人材だと想像できる。

面談の場所は、三階のフロアを指定した。

二階にも個室はあったが、話の内容がナイーブなだけに、なるべく他のスタッフの目がない方がいい。三階は社長室として使われてるのみで、個室のいくつかが倉庫や物置になっている。

8プランニングの全盛期にはもっと人が多かったらしいが、浮き沈みが激しいのもアニメ業界のさがなのかもしれない。

「なんで、面談なんて必要なんだよ……」

三階の小部屋に呼び出された各江田は、不満の表情を隠さなかった。

机を挟んで対面して、しかし、東子の方を見ようともしない。

横に広い印象の、若い男性スタッフだった。短く刈った髪に度のきつそうな眼鏡。

浅黒い肌は、地黒だろうか。アウトドアが趣味のタイプには見えない。

十月を迎える季節に、半袖、ハーフパンツなのが異様だった。本人は寒くないようで、むしろ額に汗を浮かべて、小刻みな貧乏揺すりを繰り返している。

斜に構えた姿勢で、視線は床に沈んでいた。

「お呼び立てしてすみません、各江田さん。どうしても、お話を伺いたくって」

「もう辞めるって言ったんだ。とっとと辞めさせてくれよ……」

「その前に、一通りの手続きが必要です」

「手続き？」

「たとえば、各江田さんが退職された場合、離職証明書の発行に、離職理由の記入が必要となります。自己都合の退職なのか。あるいは、会社からの勧奨か。それによって、失業保険の給付内容がちがってくるんです」

会社で退職者が出た場合、十日以内に、公共職業安定所へ届け出るよう定められている。その際、雇用保険の資格喪失の手続きを行うのだ。

また、退職に伴い、健康保険や、厚生年金などの手続きも行わなければならない。

「そんなの、会社の都合で……」

「それだけじゃありません。一番大事なのは、なぜ各江田さんが退職されるのか、その理由を会社がきちんと理解することにあります。各江田さんは、自分の意志だ、と仰《おつしや》るかもしれません。けれど、会社に過失はないのか、あえて退職に追い込むようなことはなかったか。それを把握し、退職者の不利益とならないようにするのが、企業の果たすべき義務でもあるんです」

依然、視線を逸《そ》らす相手の顔を、東子はまっすぐに見つめた。

労務管理者としての務め。実際は、ここまでのことをやっている企業は、決して多くないだろう。直属の上司と話をつけて、あとは管理部が粛々と事務手続きを進めるのが一般的だ。東子がいたN建設でも、半分以上はそのやり方だった。

けれど、従業員の身になって考える、という点で、退職希望者の話を聞くことは、何よりも重要だ。

東子を直接指導してくれた、先輩社員が言っていた。「他者への共感を持たなくちゃいけない」。会社に退職を決意させる何かがあるのだとしたら、それに目をつむったままで、職場環境の改善なんてうまくいくはずがなかった。

「引き止めようとしたって、無駄だぜ」

「それは誤解です。私は会社の利益の代弁者じゃありません。労務管理の担当者ですから」

「労務管理？」

「できる限り、各江田さんの立場に立って、考えるつもりです」

今度こそ、東子の熱意が伝わったのか。斜に構えた姿勢は変わらなかったが、声音がいくらか落ち着いて、彼自身の話を切り出してくる。

「俺は、この会社に必要とされてないから……」

「どうして、そう思われるんですか？」

「誰も、認めちゃくれないんだ。俺の絵も、実力も」

ギリリと歯軋《はぎし》りの音が聞こえそうだった。悔しさが、表情の中に渦巻いている。

「俺は、この会社に入って二年目だけど、それまでも絵描きの経験はあったんだ。四年間、美大にも通った。中途半端に、アニメの絵だけ描いてる連中とは、基礎がちがう」

「自分の仕事に自信があると……？」

「そうさ。俺はこの会社の誰よりもうまく描ける。人物でも動物でも、モンスターでも。それを、あの男が……」

言いながら、貧乏揺すりがさらに激しくなる。

刺激しないように、東子は各江田が続けるのを見守った。

「俺に、適当な仕事しか振らないんだ。俺は、何でも描けるっていうのに。完全な嫌がらせさ。俺は、見くびられてる」

「各江田さんの、仕事の上司というと」

「堂島だよ」

憎々しげに言い切って、一度、大きく息を吸い込む。

「あいつは、この会社の王様だから。演出の立場で、作画にも制作にも口を挟んでくる。何が、この業界は弱肉強食だ。自分はわがまま放題やってるくせに！」

「まってください。演出の堂島さんから、嫌がらせを受けてるってことですか？　各江田さんが、仕事がしづらいように」

「あの男は本当の鬼だ。俺にあんな真似《まね》を……」

足の震えが、今度は全身の震えに変わる。悔しさのため、というより、東子の目には恐怖が勝っているように見える。

退職の理由が、職場でのパワハラだとしたら大問題だ。

「詳しく聞かせてください。その話」

「俺は作画のレイアウトをやってるから、決められたカットをこなすのが仕事だ。それで、制作から発注を受けて、演出の指示を聞く段階には——」

「あの、えっと」

話の途中だったが、堪《たま》らず口を挟んでしまう。

なんだ？という、相手の視線とぶつかった。

「あの、レイアウトっていうのは……」

「はあ？　レイアウトも知らないのか？」

「ふ、不勉強で恐縮です……」

言って、本気で縮こまる。

研修で一通りの業務は体験したが、それがどういう仕事であるのか、どんな工程で作られているのか、あまりの目まぐるしさに確認する余裕もなかったのだ。家に帰っても、調べる気力は湧かなかった。

あきれたような、各江田の声が続けてくれる。

「レイアウトっていうのは、原画の基礎。アニメは、何千枚って絵で一本の作品を構成してるだろ？　その核になる要所の一枚がレイアウトだ。そのレイアウトを元に、次の原画だったり、動画だったりが作られる」

「そのレイアウトも、バラバラの人が描くんですか？」

「三十分のアニメで、使われる動画枚数は少なくても四千枚。レイアウトだけでも三百カットある。一人の原画家が担当できるのは、せいぜい二十カット前後だ。最近のアニメは、線が多いから」

「はあ、大変なんですね……」

「話を戻すぜ？　で、レイアウトにも場面によって、描くものは全然ちがうんだ。人物だったり、動物だったり。キャラの動きのあるなしもちがうし、極端な話、まったく動かない場面もある。それは、絵コンテや監督によってまちまちだ」

　専門用語も出てくるが、東子が素人だと知って、それとなく噛《か》み砕《くだ》いて説明してくれているようだった。アニメの工程が集団作業であると、改めて実感する。

「問題は、自分に振られるカットの内容。それによって大変さが全然ちがうから」

「その割り振りは、誰が決めるものなんですか？」

「本来は、制作の仕事だよ。予算の管理にも関わるし。でも、堂島の演出作品は、自分で原画家を指定してる。制作の経験もあるからって。それで、俺に嫌がらせをしてる」

「嫌がらせ……」

「あいつは俺に、キャラの顔を描かせないんだ！」

吐き捨てるように言った声は、それまでの唸《うな》るような文句とは別ものだった。激しい怒り。はっきりと演出の堂島に対して、牙を剝《む》いている。

「キャラの顔を？」

「今のアニメ業界では、キャラの顔を描くのが一番の花形だよ。アニメファンは、キャラの顔を一番気にするから。とくに主人公の決めカットは、どの原画家も描きたがる」

決めカットというのは、おそらくキャラの顔が中心になった絵のことだろう。話の流れから、なんとなく想像できる。

「代わりに振ってくるのは、重要でない小物とかモブの端役とか。あいつの演出で、俺は主役の顔を描いたことなんて一度もない！」

「で、でも、堂島さんなりの考えがあるんじゃないでしょうか？　下積みが必要であるとか。あえて、各江田さんには人の嫌がる仕事を……」

「小物やモブなんて、面倒なだけで意味なんてない。むしろ、キャラの顔のアップの方が、動きは少ないし、新人のいい練習になるんだ。気の使える制作なら、むしろ新人にこそ、決めカットを振ってくれる」

「それじゃあ」

「モブ、モブ、モブ！　もううんざりだ！　俺は、誰よりも上手《うま》く描けるのに。この会社の、誰にも技術じゃ負けてないのに！　それを堂島は、自分の好き嫌いでえこひいきしてる。この前だって、些細《ささい》なことで俺を三日間も缶詰めに」

その話で、はたと思い出した。

たしか、制作デスクの須山から聞いた噂。最近、演出の堂島から、こっぴどく叱られた新人がいたこと。その新人は、三日の徹夜を強いられたあげく、耐えきれずに逃げ出してしまった——まさか、実話だったとは。

東子の表情を見て、各江田の方でも察したらしい。今度は羞恥で顔を赤くして、東子に向かって唾を飛ばす。

「あれも、あの男の勝手な言い分だ！　俺はただ、作画の作業中に、イヤホンをしていただけで！」

「それで、堂島さんに注意されたんですか？」

「たるんでる、自覚が足りないって。作業中に音楽聞くなんて、誰でもやってる！

動画を見てるやつだっているんだ。なのに、あいつは俺だけ目の敵に……」

いよいよ目元に涙まで浮かべて、彼の怒りは限界のようだった。眼鏡の下で濡れた目元を拭いながら、真っ赤な目で決然として言う。

「結局、俺は必要とされてないんだ。評価もされず、嫌がらせまで受けて、頑張る必要なんて、どこにあるんだよ」

「各江田さん……」

「もう決めたんだ。俺は、こんな会社で働きたくない」

9

三階の小部屋をあとにして、東子は各江田の背中を見送った。

自分も二階フロアの自席へと戻る。こんなとき、パーテーションで囲まれているのは、思いがけず都合が良かった。

各江田さんの退職理由……。

話を思い返すたび、苦い気持ちがこみ上げてくる。彼の話を一言一句まで信用するなら、これはゆゆしき問題だ。立場を利用したパワハラ。相手への好悪を基準に、理不尽な仕事しか任せなかった。

その当人が、堂島蕎太郎というのが、東子には二重三重で気が重い。

まずもって、説得力のある話だ。就業規則がない、とまで言ってのけた人。パワハラの一つくらいは朝飯前で、三日間、徹夜でしごいたという話さえ、尾ひれの付いた噂とは言え、ある程度の信憑《しんぴょう》性があるように聞こえる。

本当に、彼が。

考えると、決めつけてしまうことに躊躇《ちゅうちょ》を覚える。何より、一方の言い分のみを鵜呑みにすることは、中立的な立場を重んじる労務管理者にとってあるまじき態度だ。

もう一方の意見を聞く必要がある。

それが、何よりも東子を憂鬱にするのだが……。

「本人の問題だ」

向かい合って、やはりアニメの鬼にとりつく島はない。

向かい合うと言っても、相手は席に座ったままで、半身で振り返ってみせるのみだ。

退職希望者の話。デリケートな内容なので別室で、と申し出た東子だったが、堂島はそれを鼻で笑って、一向に席を動いてくれないのだ。

結局、周りの目がある中、話を切り出さざるを得なかった。

いつかと同じように、周囲のスタッフの聞き耳を立ててる気配が伝わってくる。

「本人の問題……？」

遠慮がちに問い返すと、堂島の強い視線が返ってくる。

「当然だ。辞める辞めないは、当人の判断。意気地がないなら去ればいい」

「ですが、各江田さんは理不尽な仕打ちを受けたと話しています。だとしたら、そう思わせた方にも問題が……」

「仕事がきつい。やりたいことができない。そんな言い分をいちいち聞いて、現場が回るとでも思ってるのか？　俺たちは、大学のサークルじゃない。責任あるアニメーターだ」

「その中でも、守るべきルールがあります」

「またお得意の就業規則か？　残業は禁止？　八時間は寝かせろ？　労務管理者っていうのは、いいご身分だな。正義の味方を気取ってれば、会社から給料が出る」

「そんな言い方……！」

前のめりに言い返したが、大声になったことで、さらに周囲の注目を集める。

　堂島に意に解した様子はなかったが、口元の冷たい微笑は変わらなかった。

「とにかく、一度、各江田さんと話し合ってください。誤解があるなら、きちんと解決しておくべきです」

「断る。子守りに割ける余力はない」

「これは、会社の問題です！」

「だったら、おまえが面倒を見ろ。労務管理者は、人に文句を言うだけが仕事か？　何のための肩書きだ」

「くっ……」

　言われて、ぐうの音も出せないのが悔しかった。

　指摘されたとおり、労務管理の仕事は相手の粗を指摘してばかりで、人任せのお役所仕事と、揶揄されることも多い。

　東子もできるなら、自分の力で解決へと導きたかった。けれど、それをするには、あまりにこの業界を知らなすぎる。アニメの世界の独特の働き方。従業員それぞれの価値観。それを、東子はまだ理解できずにいる。

「どうしても、協力していただけませんか……？」

　ずしりと重くなった喉元から、かろうじて声を絞り出す。

「無理だな。その必要性を感じない」

「もし、堂島さんの方に問題があるとしても……」

「なら聞くが、各江田がそれを望んだのか？」

「え」

思いがけない問いに、とっさに疑問の声が出る。

堂島の目が、まっすぐ東子を見据えている。

「あいつが、俺に謝ってほしいと？　俺の懺悔《ざんげ》が聞きたいと？　仮に、俺に落ち度があったとして、それを各江田が許せないのであれば、しかるべきところに訴えたらいい。そのときは、俺も逃げ隠れしない。しかし、それが各江田の望みか？　おまえにそれを代弁してほしいと」

「それは……」

「あいつもアニメーターの端くれだ。この業界で生きる矜持《きょうじ》を持っている。この会社を辞めたとしても、あいつがどこかでアニメーションを作り続ける限り、その気持ちは変わらないはずだ。それは、俺も知っている」

「それじゃあ、どうして、あんな言い方をしたんですか？　お互い共感できるものがあるなら、他にやり方があったはずじゃないですか！」

「部外者のおまえには関係ない」

ぴしゃりと言って、席を立つ。もう東子の問いには構わなかった。

「堂島さん、どこに⁉」

立ち去る背中にぶつけるが、堂島の顔は振り返らなかった。


「あの」

置き去りにされて立ちつくしていたところ。後ろから声をかけられる。

近くの席の、女性スタッフだ。

二人並んだ女性が、椅子ごとこちらに向き直っている。机の様子から見ると、二人とも作画スタッフのようだ。

「やっぱり、辞めちゃうんですか？　各江田君」

話が筒抜けだったらしい。なるべく穏便に進めるつもりが、いつのまにか自分一人が躍起になってしまっていた。

「すみません。お騒がせして……」

「えっと、それは、いいんだけど」

「堂島さん、基本誰かに怒ってるし」

　ねー、と言って、二人が悪戯っぽく顔を見合わせる。

　眼鏡の女性と、ちょっとふくよかな二人の取り合わせだったが、社歴は長いのか、二人の息は合っている。

「各江田君が辞めちゃうと、うちらの負担が増えるから」

「それは……」

「でも、仕方ないよねー。思い詰めた顔してたし。一昨日から、来てないし」

　東子が各江田との面談をしたのは、三日前のことだ。堂島との直談判《じかだんぱん》を決断するのに、少し時間がかかってしまった。あれ以来、各江田は出社していないようだ。

「各江田君、会社に友達いないもんね。いつも一人」

「誰にも、相談できなかったんでしょうか？」

「うちらに聞いてくれれば、アドバイスはできたよ。でも、あの子って基本、引っ込み思案だし」

「わかるー。会話とか微妙だよねー」

　それは、面談の機会を持った東子も気になっていた。はっきりものを言うところはあったが、最初から最後まで、東子の目を見て話すことはなかった。

「仕事ぶりは、どうだったんでしょうか？」

「まあ、ちょっと不憫《ふびん》だったよね。あの子、モブとか小物のカットばかり振られてたでしょ？　だから、作監とかに、確認に走り回ってたり」

眼鏡の子が言うと、そうそうと、ふくよかな方が話を受ける。

「小物にしてもモブにしても、決まったデザインってないことが多いから。でも、勝手に進めるわけにはいかないから、その都度確認が面倒なんですよ」

「面倒？」

「他のカットの、倍は時間かかるかなー。あたしは絶対、お断り」

「私も無理だなあ」

話を引き取って、二人はまた、ねーと顔を見合わせた。

二人の話しぶりからも、面談での話が事実であるのはまちがいなさそうだった。彼は理不尽な業務を、実質的な上司である堂島から指示されていた。

そうなると、やはりこれはパワハラの問題……。

「ねえ、各江田君の席って、どうするの？」

「え？」

「ゴミとか結構、そのまんまなんだよね。辞めるんなら、整理してもらわないと」

「そうそう。不衛生だしー」

「わかりました。各江田さんの席はどちらに？」

不衛生と言われて、労務管理者として捨て置けなかった。

あっちと眼鏡の子が指さしたのは、すぐ向かいの席だ。回り込んで、意外に整頓された様子に面食らった。ゴミ箱からコンビニ弁当のふたが顔を出していたが、それ以外では、ゴミが溜《た》まっている様子もない。

むしろ、きちっと並べられた卓上の本が印象的だ。

美術の本。背景の描き方、パースの取り方、アニメーションの入門書に各種のポーズ集。席の人間の熱意が伝わってくるようである。

各江田さんは、この机で……。

黙々と作業する本人の姿を想像してから、ふと、半開きの引き出しが気になった。わりときっちりしたデスクの中で、そこだけ物が溢《あふ》れているのだ。

押し込もうとしたが、むしろ反動で中身が散らばった。慌てて拾いあげて、摑《つか》んだノートのページにハッとする。

自然と、手がページを繰っていた。ノートには、びっしりと鉛筆の線が描き込まれている。人間の足、腕、背中、服の一部。それから、各種小物に食べ物、動物——人間の顔が、描かれたページは一つとしてない。

この一年、演出の堂島の指示で、各江田は端役ばかりを描かされていた。これは、その練習ノートだ。

どうして、と自然な問いがこみ上げてくる。

不本意な扱いを受けて、端役ばかりを描かされて、それでも、こうして見えない努力を重ねた、その原動力は何なのか。

理不尽なことを言われても、給料が安くても、冬服を買う暇がなくて、未だに半袖の格好のままでも、彼が頑張ろうとした理由は——。

(好きだから)

アニメが好きだから。絵を描くことが好きだから。

この業界は夢を見て来る若者が多い、と叔父が言っていた。やりたいこと、憧れていたもの。その世界に飛び込んで、美術の大学で四年間も絵を学んで、今日までがむしゃらに働いてきた彼は——。

そんな人が、進んで会社を辞めたいなんて思うはずがない。

東子の中で、火がついたような感触があった。

頭が、ぐるぐると回転を始める。

自然と、今日まで見てきた会社での出来事が湧き上がってくる。各江田との面談、堂島の言い分、先ほどの女性スタッフ二人の話——それらが猛烈な勢いで混じり合って、東子に一つのイメージを知らせる。

顔を上げたとき、考えていた時間は一分もなかった。

その感触が消えないうちに、先ほどの女性スタッフを捕まえて、前のめりに聞いていた。

「三階の倉庫の鍵は、誰が管理してますか？」

10

早朝の会社に、各江田正樹は呼び出された。

時刻は九時前。始業時間は九時三十分だったが、決められた時間に集まるスタッフはほとんどいない。たいていは、前日の深夜まで作業を続けているからだ。この時間に、やっと帰宅をする人間だっている。

ついこの前まで、各江田もそうしたスタッフの一人だったが、今はもう三日も会社を休んでいる。辞めるって決めたから……社長にまで申し出て、面談も済ませて、それなのに、今だ進展がないのはどういうことなのか。

労務管理だとかいう女性社員に、待ったをかけられている。

その上、今日になって、また呼び出されたのだ。しかも、アニメーターにとって、ど早朝であるこの時間に。

今日こそ、退職届を叩きつけてやるんだ。ポケットに突っ込んだ封筒を、各江田はズボン越しに確かめる。未練なんてない。いっそ清々する。自分はもう、会社を辞めると決めたのだから……。


「うわっ、なんだこれ？」

三階フロアに上がってすぐ、各江田はうめき声を上げた。

呼び出されたのは、三階の資料倉庫だ。

他の空き部屋とちがって、背の高い棚が部屋の半分以上を占拠している。その残り半分を使って、床一面、用紙がびっしりと敷き詰められているのだ。まさに、足の踏み場もない。

「お呼び立てしてすみません、各江田さん」

いつかと同じ文句で切り出して、各江田を呼び出した張本人——労務管理の平河東子が、部屋の真ん中で待ち受けていた。用紙を敷き詰めたのは、おそらく彼女の仕業だろう。

「これ、原画……？」

気づいて、各江田はおそるおそる床の用紙に手を伸ばした。

古いレイアウト用紙だ。何年前のものかはわからないが、場面のラフとおぼしき絵が、それぞれの紙に描かれている。

だから、資料倉庫なのか、と各江田はすぐに気が付いた。倉庫の棚一杯を埋めているのは、8プランニングのこれまでの仕事の成果だった。カット袋と呼ばれる、アニメ専用の茶封筒の中に、作品の原画、資料、メモが場面単位で保管されている。

普通、こうしたカット袋は作品の発注元の会社が保管するものだが、8プランニングも今から十年ほど前までは、自社作品を制作する元請け会社だったのだ。

そうなると、ここに並べられているのは、十年以上前の原画……。

「ぶしつけで申し訳ありません。ここにある絵をよく見てもらえませんか？」

「絵を？」

「はい。何が描かれているか」

女の言うままに、各江田は部屋全体に目を這《は》わせた。

素直に言うことを聞いてしまったのは、自分の弱気な性格のせいか、はたまた、床の原画たちが、ある種妖しい魅力を放っているせいか。

並べられた用紙は、ざっと数えただけでも百枚以上ある。レイアウトは画面の構図を決めるスケッチだから、ラフな筆致で描かれていることも多いが、ここにある絵は全て、異常なほどの緻密さで細部まで描き込まれている。プライドを持った原画家の仕事だろう。

時間をかけて見ていく内に、ようやく絵の内容が頭に入ってくる。今さらのようにハッとした。場面はもちろんまちまちだったが、全てに共通する特徴がある。生活用品や椅子、机といった小物。それから、通行人など雑多な群衆——キャラの顔が、はっきりと描かれたものは一つもない。

「まさか……」

うめきを漏らして、原画が収められていたはずのカット袋を探した。壁際に、茶封筒が山のように積み上げられている。一つを手にとって、すぐさま表紙を確認した。カット袋には全て、当時の担当者の名前が記入されている。

原画・堂島蒿太郎。

声も出せず顔を上げると、各江田を見据える、女の視線とぶつかった。

その驚愕《きょうがく》に応えるように、平河東子はきっぱりと告げた。

「これらの絵はすべて、堂島さんが十年前に描かれたものです」


十年前の、堂島の原画。

東子がその可能性に行き当たったのは、本人が漏らした台詞からだ。

あいつも、アニメーターの端くれだ——。

各江田との問題を問いただした場面で、堂島は各江田のことをそう評した。同じ業界の人間として、認めていた。辛《つら》く当たっても、辞めるなら辞めればいい、と突き放しても、その根底には同業者の共感を抱いていたのだ。

だとしたら、根っこの部分でつながっているものがあるはず——直感を信じて、東子は三階の資料倉庫に飛び込んだ。

もともとは堂島も、作画の出身だった。だとしたら、彼の過去と思惑は、8プランニングの記録の中に残されているにちがいない。

果たして、過去の資料からは、二人のつながりがはっきりと見えた。

十年前、やはり新人だった堂島は、端役ばかりを描いていた。

それが、誰かに指示されたものだったのか、あるいは自主的にやったことなのか、それは本人にしかわからない。たぶん東子が問いただしても、彼は関係ない、とはぐらかすだけだろう。

文句があるなら、自分の仕事でやってみろ。労務管理を正義の味方きどりと言われて、東子にだって譲れない部分はある。残された記録と他のスタッフたちの証言を頼りに、堂島の真意に迫ってみるのが、東子なりのやり方だった。

「だから、なんだよ……」

古いカット袋を握りしめたまま、各江田が譫言《うわごと》のようにつぶやく。見開かれた目の内に、まだ怒りの炎が揺れている。

「あいつが、俺と同じ面倒をしていたからってなんだよ。結局、嫌がらせには変わりないだろ？　自分が新人の頃にやらされていた仕事を、今度は上の立場から、俺に押しつけようって魂胆じゃないか」

「当時の堂島さんの状況はわかりません。何を思って、端役の場面ばかりを描き続けていたのか……それでも、過去に堂島さんがしてきた仕事を、私は否定できないと思います。同じことを、各江田さんにも期待していたんです」

「適当なこと言うなよ！　端役ばっかり描かされて、小物ばかり押しつけられて、俺の何を期待してたって言うんだ！　キャラの顔も描かせないんだぞ！　一年間、ずっと、ずっと……やっぱり、あいつは『アニメの鬼』だ！」

「なぜ、『モブ』だったんでしょう？」

唾を飛ばす相手の正面に、東子は静かな問いをぶつけた。

えっと虚を突かれた表情で、各江田の顔が問い返してくる。

「アニメ作りのこと、私なりに調べてみました。まだまだ勉強不足ですが……原画のこと、各江田さんも話してくれましたよね？　レイアウトは、原画の元となる大事な業務だって」

「なんだよ、今さら……」

「そのレイアウトも、描く場面によって内容はまったくちがう。簡単なカットもあれば、ひどく時間をくう場面もある。中でも、小物やモブと呼ばれる端役の人物は、設定がない場合も多くて、とくに面倒がられる」

「そうだよ。自分で描くから、大変なんだ……」

普通、テレビシリーズのアニメの場合、キャラや背景には、元請け会社が制作したデザイン——設定が存在する。

それを元に、原画スタッフは作業を進めるのだが、一方で、事前に設定が作られてないケースもあるのが、小物やモブなどの端役だ。多くの場面が登場するアニメ作品で、全てのデザインをあらかじめ用意しておくのは物理的に不可能なのだ。

「その場合、現場で改めてデザインを描き起こす必要が出てくる。通行人の顔も、公園のベンチや空き缶などの小物も、誰かが新たに作らざるを得ない」

「うちの場合、全部、担当した原画スタッフの仕事だよ。それでも、勝手に作るわけにはいかないから、そのたびに作画監督に確認して、他の先輩の話も聞いて……」

「それが、堂島さんの意図したことだったんじゃないでしょうか？　他の人の話を聞くこと」

「話を、きく……？」

問い返す各江田の顔が、さっと青ざめたようになる。

ここだと思って、東子はさらに踏み込んで話し続けた。

「各江田さん、普段どの程度、会社の方とお話しされていますか？　仕事の話は、プライベートのことは。今回のこと、誰かに相談できましたか？」

「そんなの、他人には関係が……」

「作画という仕事がある意味、特殊な業務であることは私も理解しています。職人らしくというか、業務的にというか。絵という成果物がある以上、それによって、仕事が評価される」

「……」

「でも、アニメ作りが複雑な共同作業であることも、私が実感したことの一つです。一つの作品で四千枚以上の絵が描かれる……その作業者、まとめ上げる人、スケジュールの管理者、全員の意思疎通がうまくいかなければ、アニメ作品は完成しない。その第一歩が、人の話を聞くことなんです」

作画の女性スタッフが漏らした話。

各江田には、会社に親しい友人はいなかった。そればかりか、話をすることも、仕事の相談をすることも、彼は苦手としていた。

面談で、東子が本人を前に感じた印象通り。技術はあっても、コミュニケーションの意欲に欠ける。もしそのことを、堂島が感じ取っていたのだとしたら。

「堂島さんが各江田さんに端役ばかりを押しつけたのは、そのことを考えたからじゃないでしょうか？　設定のない場面を振って、多くの関係者と話し合わせること。アニメ作りが、他人との協働なしには成り立たないことを、各江田さんに知ってもらいたかったんです。十年前に、堂島さんが体験したのと同じように」

「同じ体験……」

「今回、この資料倉庫まで来ていただいたのは、各江田さんに、そのことをご自身の目で確認してもらいたかったからです。十年前の、堂島さんの仕事を通して見ることで。堂島さんの目的は、嫌がらせにあったんじゃありません。むしろ各江田さんに期待して、その壁を乗り越えてもらいたかったんです」

「だからって……あいつは、俺を追いつめるようなまねばかり。一言も、期待してるなんて言わなかったんだ。三日間、会社に缶詰めにしたことだって……」

「イヤホンの件も、理由は同じだったんですよ」

「え？」

戸惑う各江田の表情に、東子はゆっくりと頷き返す。自然と、口元に笑みが浮かんだ。

「堂島さんのこと、私も無茶苦茶で自分勝手で、労務管理の観点からは決して認められませんが……それでも、仕事に対する姿勢だけは本物なんだと思います。とくに、職場全体に気を配ること。あの人は、自分一人で仕事はしていない」

「一人……？」

「人の話を聞いてるんです。自分に直接、関係ある話も、そうでないことも。堂島さんだけじゃありません。職場で起こったこと、突然のトラブル、私が躍起になって話した内容……そうしたものに、この会社の人たちは自然と耳をそばだてるんです。それはイヤホンをしていたら、決して聞こえない」

初日のトラブルがあったときもそうだった。堂島の一挙手一投足に、スタッフの全員が意識を向けていた。

作画の女性スタッフが、東子の話に聞き耳を立てていたのもそうだ。自分の作業に集中しながら、どこかで、職場の空気に気を配っている。

「周囲に関心を持ってほしい。その想《おも》いがあったから、堂島さんは、イヤホン一つに目くじらを立てたんだと思います。話を聞くことが、まさに話をすることの第一歩だから。もちろん、会社の全員が同じような意識を持っているとは限りません。前に各江田さんが話したように、やっぱり音楽を聴いていたり、他のことに集中していたり、スタッフの意識はそれぞれだと思います。でもだからこそ、堂島さんは各江田さんに期待していたと言えるんじゃないでしょうか？　たしかな技術を持っている分、それに見合った働きをしてほしい。堂島さんの願いです」

たぶん、それを本人に聞いても、やはりはぐらかされるだけだろう。

彼は言葉にしないやり方で、自分の信念、哲学を伝えようとした。それは相手を追いつめるためでも、ましてや嫌ったからでもない。むしろ、相手の技術を認めていたから——アニメーターとして共感するものがあったから、その欠けた部分を教えたかったのにちがいないのだ。業界の先達の責任として。

「とは言え」

茫然《ぼうぜん》と、各江田が古いカット袋を見下ろしていた間合い。

改まった、東子の声が続ける。

「堂島さんの意図が何であれ、そこに行き過ぎがあったのはまちがいありません。会社に三日も閉じこめるなんて言語道断。業務の割り振りの件も含めて、各江田さんには被害を訴え出る権利があります」

「俺は……」

「もし、あくまで今回のことに納得できないのであれば、私は労務管理者として、最後まで各江田さんの思いに寄り添うつもりです。この先、各江田さんがどんな道を選ばれるのか……退職されるということも、選択肢の一つです」

言って、各江田の顔を改めて見据えた。

ぼんやりとした視線が、今は東子を見返している。

「各江田さんは、どうしたいですか？」

11

週があけた月曜、会社の席で、東子は久々に晴れ晴れとした気分だった。

パーテーションがなくなっている。先日、社長である叔父の手を借りて、あらかた片づけてしまったのだ。

どかしてしまえば、なんのことはない。どこからも文句は出なかったし、職場の様子がよく見渡せる。あいかわらず、制作や作画の席からは遠かったけれど、生産部門と管理部門の区別だと思えば、とくに嫌な気持ちもない。

そもそも社長にしてからが、三階フロアに追いやられている有様《ありさま》なのだ。労務管理者として、今後、その改善も提言しようと思っている東子だった。叔父本人は、嫌がるかもしれなかったが。

「これ」

無遠慮な態度で現れたのは、社内の演出担当——今ではようやく見慣れた堂島の仏頂面だ。あいかわらずの黒一色。本人は気にしてないらしいが、その長身と相まって死神とも鬼とも呼ばれる本人の印象を、いっそう悪い方向に強めている。

物言いに愛想のかけらもないから、なおさらだった。

「従業員の質問票ですね？」

ぐっと腕だけで寄越してくるのを、東子は立ち上がって受け取った。

先週から、一部の管理職にお願いしておいたものだ。

社員の意識調査――労務管理の業務を始めるにあたって、まず東子が取り組んだのは、従業員の現状把握だった。どんな人間がいて、どんな経歴を持ち、何をモチベーションに仕事をしているのか。メンタルケアの一環でもあるが、今後、職場改善を進める上で、社員の不満点などを知っておくことは、欠かせなかった。

一人一人のアンケートを採る前に、まずは上長クラスの人間から、それぞれの社員の評価を聞く予定だった。

アニメ会社の管理職というと、制作デスクの須山、作画陣をまとめる作画監督。それからアニメの鬼と呼ばれる堂島にも協力を要請していた。

つっけんどんに突きつけてきたのは、そのアンケートをまとめた書類だ。

「俺が管理職とは、初耳だな」

「社長からの推薦です。堂島さんは会社のこと、よく把握してますし」

「十年やってる。当然だ」

「新人には、頼りになります」

にっこりと笑い返して、相手の上からの視線を受け止めた。

嫌みを返したつもりはないが、もしかしたら、そう伝わってしまっただろうか。堂島はふんっと言ったきりで、表情は変わらず冷たかったから、内心どう思ったのかは不明だ。

とにかく、手渡された用紙を確認する。ずっしりと束になっている。各スタッフのこれまでと、これからの展望について、かなり詳しくまとめられた書類だ。一人、二人と流し読みして、最後のページに見知った名前を見つけた。

作画担当・各江田正樹。

「資料倉庫の原画」

まだその場を立ち去らないで、堂島が声を降らせてくる。

「倉庫？」

「一人で俺の原画を漁《あさ》ったのか、十年分」

資料倉庫で各江田と面談したこと。当事者以外は知らないはずだが、このアニメの鬼は、どこかで小耳に挟んだらしい。

まさか、各江田本人から聞いたわけではないと思うが、勤続十年の経歴は、やはり伊達ではなさそうだ。

「一晩でやっつけるのは、ずいぶん無茶だと思うがな」

「探しものは得意な方です。探す物がはっきりしている場合は」

「徹夜で作業するのが、労務管理者のやり方か？」

「社長の許可は取ってあります。残業手当も申請しましたし……」

たしかに、職場の改善を提言する人間としては、ちょっと無謀が過ぎたかもしれない。実際、十年分の原画を拾い出すのに、朝まで時間がかかってしまった。

それでも一刻も早く、各江田に事態の真相を伝えたかったのだ。

「各江田が会社に残ったこと、一応、戦力としては期待している」

「安心しました。指導の甲斐《かい》がありますか？」

「これまで通り、しごいてやるさ。あいつはアニメの『あ』の字もわかっていない」

ぶっきらぼうに言い放って、雑談はこれまでとばかりに堂島は背を向けた。最後までその仏頂面に、笑顔が浮かぶことはなかった。

「平河」

突然、振り返った顔が言ってくる。

名前を呼ばれたのは、たぶん初めてのことだ。

「あんまり調子に乗るなよ」

言い放つと、すぐにまた背中を見せる。今度こそ、東子を振り返らなかった。

アニメ会社に転職して、まだ二週間の東子だったが、その中でも一つ覚えたことがある。

たぶん、あれが「ツンデレ」というやつだ。

第二話　セクハラ対策とボーダーライン

1

「須山さん。服装がちょっと派手すぎませんか？」

早朝の8プランニング。二階フロアの戸口の前で、東子の声が待ったをかける。

早朝といっても、あくまでアニメーター目線の話。

九時三十分が一応の始業時間だったが、それを守っているのは東子と社長の叔父くらいしかいない。それぞれ何となくずれ込んで、十時を過ぎた辺りがようよう人の集まり始める時間帯だ。

現在、それも超過して、時刻は正午前。昼食らしいコンビニの袋を片手に、ぶらりと姿を現したのが、制作デスクの須山だった。

秋風が吹き始めたこの頃、真新しいジャケットを羽織っている。

「なるべく、個人の服装には口出ししたくないんですが」

「え、ブランド物だよ？　偽物だけど」

「真贋《しんがん》を問題にしてるのではなくて……」

的はずれの須山の答えに、東子は辛抱強く言葉を続ける。

「職場に、ふさわしい服装かどうかの話です。サイケデリックな上着は、職務上そぐわないと思います」

「えー。アニメの現場で今さら……」

あからさまに口の端を曲げて、須山は不満の表情を見せる。

そうは言っても、東子から見て極彩色のパーカーはやはり異様だ。オレンジと紺色と山吹色が混じり合って、見ていて目に痛い。

新品だというのに裾はすでによれよれで、背中のフードにはなぜかマンガ調のキーホルダーがぶら下がっている。

普段から、服装がエキセントリックな須山だったが、さすがに今回ばかりは東子の目に余る。度が過ぎると、実際に声も上がっているのだ。

「職場の改善業務の一環です。ご協力ください。以前のアンケートから、従業員の服装に関する苦情が多かったので」

「苦情？」

「においとか、汚れとか、見た目であるとか……」

徹夜、残業が常態化しているためか、特に男性従業員の中で洗濯をしていないという者が結構多い。中には一週間以上同じ靴下を履きっぱなしで、しかも作業中は靴を脱いでいるものだから、近隣のデスクからさっそく苦情が上がっているのだ。

裸足《はだし》で職場をうろつかれるというだけで、女子の目線からは、わりと不快だ。

「でも、俺は、身だしなみには気を使ってる方だしー」

「衛生的な問題だけじゃありません。須山さんの格好にも、いくつかクレームが入ってるんですよ？」

「え、マジで？」

「この前、シースルーの肌着を着て、取引先の相手と面会してましたよね？　肌が露《あら》わになりそうで、端から見ていてハラハラしたって」

「乳首見えてたかな？」

「知りません！　ともかく業界がカジュアルと言っても、須山さんは対外的なお仕事もされているんです。制作デスクは、スケジュール管理が業務ですよね？　他社さんとの連携が必須である以上は、誰が見ても恥ずかしくない格好をしていただきたいと思います」

「で、でも、服装は基本的に自由なはずだし、ほら、平河さんも言ってたじゃん。人の見た目をうんぬんするのは、ハラスメントがどうとか……」

「業務指導の一環であれば、ハラスメントには該当しません。私は、労務管理者なので」

「そんなあ」

「ただ、あくまでご不満ということでしたら、是非、この窓口をご利用ください。『職場相談』のアカウントを開設しましたので」

言ってすかさず、新調した名刺を取り出す。

名前の上に「人事部・労務担当」との記載。下段を埋めるのが、先日、取得したばかりの労務専門のメールアドレスだ。

同僚に名刺を差し出すのもおかしかったが、社内のメーリングリストに流したところ、まったく反応がもらえなかったのだ。地道に、周知活動を続けるしかない。

「平河さんに対するクレームを、本人のアカウントに相談するの？」

「公平に、しかるべく対処させていただきます」

言って、ここ一番のスマイル。

そうだ、俺ってば緊急の要件が……と、東子の脇をするりと逃げていく、サイケデリックの須山だった。

「いつから、ここは学校になった？」

遠ざかる背中を見送っていると、東子の肩口に声が降る。

振り返った正面に、眠そうな仏頂面があった。演出担当の堂島蒿太郎だ。

今日も、黒一色の上下の服装は変わらない。

「さしずめ風紀委員だな。黒縁眼鏡の女には似合いだ」

「眼鏡は関係ないと思います、堂島さん。ちなみに、学生時代は緑化委員でした」

「会社をお花畑に変えるつもりか？」

「いいですね。受け付け用の生花を買ってきましょうか？」

嫌みにも笑顔で返して、東子は会話のペースを譲らなかった。

アニメの鬼とあだ名されるこの人物が、特異の毒舌持ちであることは、すでに承知済み。それが悪意や意地悪だけでなくて、本人のパーソナリティーそのものだと気づいてからは、あまり厳しい声にも動じなくなった。

見下ろしてくる、視線だけは圧迫感があったが。

「あまり調子に乗るなと言ったはずだが……」

「堂島さんこそ、働き過ぎじゃないですか？　昨日も退社時間は深夜でしたよね。ちゃんとご自宅で寝れてますか？」

「余計なお世話だ。三時間は寝てる」

「厚生労働省の指針では、二十五歳の働く世代で、一日七時間の睡眠が推奨されています。仕事の能率化にも有効なんです。睡眠不足でしたら、昼間の二十分以内の仮眠がお勧めですよ？」

「ちっ。権力者の広告塔め」

やけにスケールの大きい毒を吐いてから、堂島も東子を追い越して職場へと入っていった。黒一色のシャツからは、洗い立ての洗剤の香りがした。

「お、東子ちゃん。精が出るね」

続けて声をかけてきたのは、社長である叔父の進だ。

こちらは今日も、仕立ての良い紺色のスーツ。シャツもアイロンが利いてパリッとしている。

「その調子で頼むよ。東子ちゃんのいいようにやってくれて構わないから」

「ありがとうございます。社長は、お出かけですか？」

事務所から出てきた叔父だが、右手に外出用の鞄を提げている。

「業者の寄り合い。アニメ業界も、横のつながりを強くしていかなくちゃね」

「経営者には、また別の苦労があるんですね。お疲れ様です」

「いやあ、東子ちゃんほどじゃないよ。こっちは酒が飲めれば苦労は……おっと」

わざとらしく滑らせた口を、とっさに手で押さえる。

寄り合いと言って、集まる場所にはお酒も出てくるらしい。そういう付き合いは、東子にはまだ未知の世界だった。

「あ、そうだ。知り合いの社長さんの話、メール確認してくれたかな？」

「メールですか？」

「東子ちゃんの話をしたら、えらく感心してくれてさ。労務管理の件、自分のところでも考えたいって話してたんだよ」

「すごい。大収穫じゃないですか」

「そうなんだよ。それで、できたら東子ちゃんの話を聞きたいって……詳しくは、メール見ておいてもらえる？　いかん、ちょっとのんびりしすぎた」

腕時計に目を留《と》めて、焦った様子の叔父の顔。身軽に階段を駆け下りて、いってきます、と手を振ってみせた。

8プランニングの社長が秘書や運転手を付けられるようになるには、もう少し時間が必要そうだ。

正午過ぎ、デスクに戻った東子は、自席のノートパソコンを立ち上げる。

昼休憩の時間だったが、その前に、メールのチェックを済ませてしまおうと思ったのだ。東子のノートパソコンは旧式で、立ち上げるにも時間がかかる。制作の席では立派なデスクトップパソコンを使っているが、作画スタッフの中にはタブレットで済ませてしまう者もいるようだ。デジタルに強いとは言えない東子には、なかなか難しい過渡期の時代である。

ようやく立ち上がったパソコンに、自分のＩＤとパスワードを打ち込む。

すぐにメールの画面が開いた。社用のアカウントに、数件の新着メールが来ている。

一番上に、先ほど叔父が言っていた用件が来ていた。ざっと流し読みして、他のメールも片づけてしまう。制作からの連絡が一件、作画からは落とし物の問い合わせ……素早く目を通しながら、最後のメールにマウスを持つ手が止まった。

職場相談の問い合わせだった。

タイトルに【秘密厳守】とある。

緊張しながら内容を開いて、東子は最初の一文を目で追った。

セクハラの相談はこちらで構わないでしょうか……？

2

午後四時、会社を出て、近くの喫茶店に向かった。

8プランニングの社屋は幹線道路沿いにあるが、その分、飲食店などは少ない。コンビニも疎《まば》らで、昼食時にスタッフも行き場に困っているようだ。

会社から歩いて十分ほどの駅前に、ようやく小さな商店街がある。その一軒のカフェに、東子は緊張の足を運んだ。

面会場所として社内を指定するには、話がデリケート過ぎた。

前回の各江田の件では三階の空き部屋を利用したが、今度は東子と会っている、というだけで、いらぬ噂が立ちかねない。セクハラの相談というのは、それくらい扱いが難しいものだった。

とくに、若い女性の場合は。

からん、と喫茶店の入り口をくぐると、すぐに相談者の顔が見えた。奥の席。窓際で小さくなって、テーブルのカップを見つめている。

遅れて東子の存在に気づくと、バネのような勢いで立ち上がった。まだ距離もあるうちに、深々と頭を下げている。

「お待たせしてすみません。灰野さん」

「はい……」

蚊の泣くような声で応えて、相談者――灰野はまた小さくお辞儀をした。


向かいの席に座って、東子はアイスティーを注文する。

東子たち以外、他に客の姿がないのが幸いだった。正面の灰野は、そうでなくともがちがちに緊張している。

改めて顔を見ると、やはり可愛らしい女性だった。

年齢は、東子の三つ下で二十一歳。色白で、小柄で、同じく華奢な東子が言うのも変だが、つい支えてあげたくなるような、儚《はかな》い一面が見て取れる。東子が道端のドングリだとしたら、彼女は野辺に咲くスミレ……そこまで自分を卑下する必要もないだろうが、同じ女性として、白旗を揚げざるを得ないのはまちがいなかった。

たしか、前職はアイドル的なことをしていたという話。他人からの又聞きだったが、くりっとした目といい、絹のような髪といい、元芸能人と言って疑う要素は一つとしてない。

「平河さんには、ご迷惑を掛けてしまいましたから……」

うっかり見惚《みほ》れているところを、何か察したように灰野が切り出してくる。

「迷惑？」

「私の運転、助手席の人は大変だと思うから」

ああ、と思わず頷いてしまったのは、東子に強烈な記憶があったからだ。

入社した当日、堂島の指示で、彼女が運転する車に同乗した。シートベルトといい制限速度といい、交通違反はとくに見あたらないはずだったが、なぜか彼女の運転には恐怖しか感じなかった。しばらく、バスにも乗れなかった東子だ。

「嫌われていて、こんなご相談をするのは、厚かましいとは思うんですけど……」

「嫌うだなんて、そんな。私は灰野さんのこと、嫌ってなんていないですよ？」

「でも」

「車の件は、業務上のことじゃないですか。堂島さんが命令したから。たしかに、ちょっと、少し、聞く耳は持ってほしかったとは思いますけど……」

「私、誰かに相談するとか、悩みを打ち明けるとか、そういうのがすごく苦手なんです。私にはそんな資格なんてないから。でも平河さんの、何でも相談していいって内容のメールを見て、甘えてしまって」

「それが、私の業務なんです。従業員の働く環境を整えること。人が集まる以上、軋《あつ》轢《れき》や不和が出るのは当然。だからこそ、私のような労務管理者が、職場で必要になってくるんです。甘えなんて、全然。私に相談することに、灰野さんは少しも遠慮なんて必要ないですから」

静かに笑って、彼女の顔を正面に見る。

まだ、遠慮の気持ちは残っているようだが、それでも彼女の可憐《かれん》な瞳に、わずかに暖かい光が差した。

「それで、ご相談の件ですが。メールの内容には、セクハラだと……」

「私、前職で声優をしていたんです」

東子が話を向けると、彼女なりの切り口で話を始めてくれる。

「と言っても、実際に活動していたのは、二年くらいですけど。高校を卒業して、養成所に入って、それで何となくデビューしてしまって……」

「声優というのは、アニメに声をあてるお仕事ですよね？　昔から、アニメの業界に憧れて？」

「九州の田舎だったから、家で楽しめるのって、それくらいしかなくて。でも、夏休みとかに地方の友達と会ったり、一緒にイベントに行ったり、私にはそういう世界で生きるのが当たり前だったんです。だから友達にも誘われて、声優になろうって」

「失礼ですが、アイドル、というのは……？」

「会社の人に聞いたんですね？　アイドル声優ってご存じですか？　平河さんってあまりこの業界に詳しくないって聞きました」

「まったくの門外漢です。家もそういうことには厳しくて……ただ、アイドル声優っていうと、声の仕事をやられてる方が、アイドル的な活動もすると？」

「今はどっちがどっちって、線引きが難しいんですけど。声優がアイドル扱いを受けてるのか、アイドルの人が声の仕事もするようになったのか……私の場合、ほんとぽっと出の新人で、たまたまデビュー作がヒットしたから、人気があるって言ってもらえて」

話を聞いているうちに、東子にもなんとなくイメージできるような気がした。

アイドルが歌って踊る場面はテレビで目にしたことがあるが、そのスポットが声優に当たった場合、アイドル声優と呼ばれるものなのかもしれない。

彼女ほどの器量好しなら、きっとテレビ映えもするだろう。

あるいはそういう基準で、新人の声優を選んだりもするんだろうか。

「私なんて、ほんと、大した才能もなくて……」

東子の考えが伝わったのか、とたんに顔を青くして、小さな肩もうなだれる。

「デビューから二年して、あいつは顔だけって言われるようになって。実際、実力も伴ってなかったから、そう言われるのは仕方ないんです。でも、次第にファンの方から嫌がらせを受けるようになって、声優仲間とも、うまくいかなくなって……」

「実際に、何かされたんですか？」

「それは……」

「言いづらいことであれば、言わなくても大丈夫です。ただ、どんなお話をされても秘密は絶対に守ります」

「……下着を送りつけられたりとか」

「え？　男性から？」

「はい。男の人の、汚れたやつ」

想像するだけで、東子の背筋もぞっとする。アイドルや芸能人のファンの中には、そうした偏執的な人間もいると聞くが、二十歳そこそこの若い女性がこうした目に遭ったのだとしたら、ショックを受けるのも無理はない。

「他にも、事務所に脅迫的なファックスが届いたり、撮った覚えのない写真がネットに上げられたり、最終的には自宅まで押しかけられるようになって……」

「灰野さん、ご家族は？」

「みんな九州です。マンションはオートロックでしたけど、同じ階に部屋を借りるような人まで出てきて、何度も引っ越しを繰り返しました。それで精神的に参ってしまって……結局、二年で声優を辞めてしまったんです」

「無理もないですよ。そんなことされたら」

「でも、今の会社に拾ってもらって、制作としてアニメ業界に残れたから、まだマシです。会社には迷惑ばかりかけてるけど……それでも自分なりに努力して、少しでもみんなの力になれるように、スケジュールの管理は完璧にこなしたいって。なのに、また、嫌がらせみたいなことが……」

「セクハラの件ですね？　具体的には、どんなことが？」

慎重に話を酌《く》むところだった。

まちがいなく、彼女の心は傷ついているのだ。そうでなくても、会社に入るまでの経緯で、十分不快な思いをしている。ためらうように何度も口ごもる灰野の表情を、東子は辛抱強く見守る。

「最初は、ちょっとしたスキンシップとか……」

「え。今度はファンの方ではなくて？」

「はい、仕事中です。初めのうちは、私の自意識過剰かなって思ったんですけど、次第に肩とか腰とか、髪の毛なんかも触られるようになって……」

身体的接触の典型的なパターンだ。当たり障りのない部分から様子をうかがって、相手が大人しくしているのを見て、どんどん行為がエスカレートしていく。職場で暴行を受けたという例も、決してドラマの話だけではない。

「別に、そういう嫌がらせくらいなら、我慢もできたんです。声優時代に、もっとひどい話も聞いてたから。でも、仕事の話とか業務の内容を持ち出されて、暗に言うことを聞かないと、不都合になるからって……」

「対価型セクハラの一種です。地位や立場を利用して、相手に性的な要求を迫る。拒否すれば、職場での不利益をちらつかせる。最低のやり口ですよ」

「私、このままじゃ耐えられなくなるかもって。声優の仕事を諦めて、拾ってもらったアニメの会社で、また嫌がらせで辞めることになったりしたら、私、この先どうすればいいのか……」

堰《せき》を切ったように、灰野の目から涙が溢れた。

話を始めたときからずっと、彼女は辛さを堪えていたにちがいない。いや、今日までの間、東子に相談するかしないかも含めて、彼女は悩み通していたのだ。

初めて誰かに話をして、心のたがが外れてしまった……東子も実際経験するのは初めてだったが、セクハラの相談を受ける上で、労務管理者が避けては通れない一幕だった。

「話しづらいことを、率直に話して下さって、ありがとうございます。気持ちの整理もできてないでしょうに……こうして話していただいたからには、私も全力で問題の解決に取り組みます。労務管理者として、何より同性の一人として、灰野さんのことは見過ごせません」

「はい……」

「それで、一番話しづらいこととは思いますが、問題のセクハラの相手はどなたでしょうか？　灰野さんの話しぶりだと、人物ははっきりしているようですが……」

「そのことは」

ためらうように一度下を向いた灰野だったが、意を決したように東子の顔を見返してくる。

「それは、お話ししたくありません」

「ですが」

「ここまで言って、踏ん切りがつかないのは本当に申し訳ないんですが、それだけはどうしても……」

言ったあと、頑《かたく》なに首を横に振る灰野だった。

彼女の気持ちも、わからなくはない。セクハラの被害、なおかつ相手が仕事の関係者だとすれば、今後のことも考えて口ごもるのは当然のこと。けれど相手がわからなければ、東子には手助けのしようがないのだ。

「今日、相談させてもらったのは、こんなとき、自分で解決する方法がないか、平河さんにお聞きしたかったからです。最後のところは、自分で」

「それは危険です！　相手が逆上するようなこともあるんです。こうした問題は、だから第三者が間に入って……」

「誰にも、迷惑をかけたくないんです。できたら、平河さんにも。だから、すみません……」

言葉尻は曖昧だったが、彼女の心が頑なであるのはまちがいなかった。ふるふると左右に振った頬から、綺麗《きれい》な涙が溢れ落ちる。これ以上の無理強いは、彼女をさらに追いこむことになりかねなかった。

「わかりました。私の方で、何か対策がないか調べてみます。それまでは、思い切った真似は控えて……」

「あの、今回のこと」

東子の口を遮る形で、せっぱ詰まった灰野の声が呼びかけてくる。

「秘密は、厳守してもらえるんですよね？」

「それは、もちろんです。今日お会いしたことも、お話しいただいた内容も。灰野さんの同意がなければ、どなたにも報告することはありません」

「あの、堂島さんには、絶対に言わないでもらえますか？」

意外な名前に、東子もえっと虚を突かれる。

「それって、問題の相手が……」

「堂島さんはちがいます。いかがわしいことは、何もされてません」

「それじゃあ、どうして」

「あの人、怖いから……」

言ったきり、俯いて口を閉ざしてしまう。

セクハラを相談したときとは別種の空気が、彼女のうなだれる肩に漂っていた。

3

終業後、自宅のマンションで遅い夕食を済ませてから、東子はスマートフォンで調べ物を始めた。

時刻は、午後の十時過ぎ。労務管理の業務に集中し始めてから、退社時間は、大幅に繰り上がっている。

それでも帰宅するのは九時過ぎだったが、現場の研修をしていた頃に比べれば、ほとんど天国みたいなものだ。現場は、まだ業務の真っ最中。自分の仕事を通して、会社の全員が働きやすい環境を作れたらと願う東子だ。

自宅にパソコンは置いてなかったので、調べ物はもっぱらスマートフォンだった。学生時代には考えられない。そのうち「レポートのコピペ」なんてものも、死語になってしまうのかもしれない。そもそも、紙の書類が不必要になるのか。

とりとめもない考えを巡らせながら、寝ころんだベッドで、スマートフォンの画面と格闘する。

面談のとき……カフェでの話し合いで、相談者の灰野は以前ネットに覚えのない写真をアップされたことがある、と話していた。そんなことがあるのか、と思ったものだが、それくらいコアなファンがいるのだから、声優時代の灰野の情報をネットで調べられるかも、と考えたのだ。

本人の承諾も得て、東子はできるだけの情報を集めてみることにした。

今回のセクハラとどこまで関係するかわからなかったが、相談者の背景を確認することは、労務管理の必須事項だ。

灰野に教わった芸名（声優に対して適切な言葉かわからないが）を元に、ネットで検索をかけると、あれよあれよとサイトがヒットした。

活動は二年ほどだったというが、彼女がアイドルとまで言われる人気者だったのはたしかなようだ。当時のファンサイトがいくつも残っていたし、未だにブログの記事を更新している者もいる。

中には復活を願って「彼女のその後！」と行き先を検証している人間もいて、そうしたファンの誰かが、今回のセクハラにも関わっているんじゃないかと、つい邪推したくなる。

個人のサイトを流し読みしながら、東子は比較的まとまった灰野のプロフィールを見つけた。略歴に、こうある。

地元の高校を卒業後、東京にあるプロダクション系列の養成所に入所。

半年で、声優としてデビュー。事務所の「預かり」となる。

予備校生たちの青春を描いた『私たちには将来《さき》がない！』がスマッシュヒット。

初々しい演技と、可憐なビジュアルから一躍、アイドル声優の仲間入りに。

続けざま、アイドルユニット『ガールズ《G》スタディ《S》』を結成。

五人組グループのセンターとして、『恋の参考書』『入学願書を押しつけないで』『19の卒業式』など、次々とリリースする。

その後、様々なアニメ作品のヒロインキャラを歴任したが、突如として体調不良からの休業を発表。

そのまま復帰の兆しはなく、デビューから二年と一ヶ月で、実質的な引退となる——。

ひとまず確認した内容は、本人の口から聞いたものと齟齬《そご》はなかった。もちろん、引退の原因として嫌がらせの内容に言及しているサイトはなかったが、その分、東子が聞いた以上の「憶測」が飛び交っている。

曰《いわ》く、彼女の引退の原因は、男性との不祥事にあった。

曰く、彼女が参加したアイドルユニットで、仲違《なかたが》いがあった。

彼女と、同格と言われていた声優Fとは、目も合わさないほどの不仲だった。お互いの彼氏を取り合ったとも。

そうした軋轢に耐えきれず、彼女は業界からドロップアウトした……。

憶測にしても悪意のある記事だったが、それがまったくのでたらめとも言い切れないのが、大人社会の現実だ。灰野が直接話してくれた内容にしても、それが全部のことを説明しているとは、必ずしも言い切れない。当事者に対しても客観的な視点を持つことが、東子のような業務には必要なことだった。

とは言え、大枠の事実として、彼女は声優の道を目指し、そこで一度つまずいた上で、アニメの制作進行として再スタートを切った。その中で、セクハラ被害に巻き込まれた……同じく、会社の不祥事からN建設を追われた東子には、灰野の気持ちが痛いほどよくわかった。もちろん、その背景も、声優として彼女が摑んだ実績も、東子の場合とはまるでちがうが、もう一度立ち上がろう、という気持ちの上で、東子にも重なる部分は多い。

力になりたい、と思う。

彼女が、迷いなく、今の仕事が続けられるように。

問題なのは、やはりセクハラの相手を、本人が明言していないことだ。誰にも迷惑をかけたくないと言った。その気持ちはわかるし、東子もできるだけ本人の意志に添いたいと思うが、そうなると今後の選択肢が限られてしまう。

本来なら、セクハラの相手に話を聞いて、両者に行き違いがないか確認するところだったが、名なしの権兵衛《ごんべえ》が相手では、東子もお手上げ状態である。

それでも、心当たりがないこともない。

というより、話を聞いていて、東子には一人の人物しか思い当たらなかった。仕事の関係者という話。加えて、対価型のセクハラで、彼女に圧力をかけられる人間といったら――。

制作デスクの須山。

もちろん、決めつけはよくないし、思い違いなら失礼な話だが、普段の彼の言動から考えて、まっ先に名前が思い浮かぶ。たとえ、本人に悪意がなくとも、何気なく取った行動が、灰野にとってセクハラだと感じるものだったとしたら。

確かめる必要がある、と思う。犯人について灰野自身は貝の口だが、このまま見過ごしてしまえば、セクハラがさらにエスカレートする危険性もあるのだ。

となると、直接本人に当たるより、事前に外堀を埋めておいた方がいいだろう。

デスクの、須山の人となり。

8プランニングで、会社の内情をよく知る人物と言ったら……。

振り返れば、鬼がいる。

いや、実際のところは東子が自分から訪ねたのだが、こうして面と向かってみるとやはり二つ名通りの凄《すご》みがある。

8プランニングの二階のフロア。

演出の堂島は自席に座って、修羅場の真っ最中である。

やめておけば良かった……と昨夜の自分の決意を、早々にひっくり返したくなったが、ここは腹に覚悟を決める。話してみれば、決して生粋の悪人ではないのだ。

ただ、言葉尻が辛辣なだけで。

「おまえみたいに図太い人間に会ったのは、俺も初めてだ」

東子の予想する三倍くらいの悪意を込めて、アニメの鬼、堂島は鋭利な視線を向けてくる。

「図太い？」

「性懲りもなく、職場の改善業務に協力しろだと？　よくも、ぬけぬけと言えたもんだ。俺の仕事は、引っかき回すばかりのくせに」

「堂島さんの邪魔したつもりはありません。ただ、お互いの価値観がかち合ってしまうだけで」

「スタッフの就業時間を制限するのも、価値観の相違か？　おかげで、実働時間が半分に減った」

「タイムカードを導入しただけじゃないですか」

「俺たちの仕事に定刻はない。あるのは、クライアントの納期だけだ」

言い切って、悪びれたところが一つもないのは、いつもの通りだ。

東子が来るまで、８プランニングにはまともに勤務時間をカウントするシステムも存在しなかったのだ。社長に言って、今週からさっそくタイムカードの機械を納入してもらった。

「仕事の効率化にもつながる話です。どうか、ご協力お願いします」

「須山の件と言ったな？　あいつの服の趣味に関してなら、俺は知らないぞ」

「で、ですから、話は別室で……」

いきなり本題を突いてくる相手に、思わず東子の声は小さくなる。

堂島さんには、絶対に言わないでください……灰野からそう釘《くぎ》を刺されている手前、うかつにものは言えないのだ。

もちろん、セクハラや具体的な話を堂島に説明するつもりはなかった。あくまで須山の人となりを知る上で、彼の意見を聞いておきたかった。性悪な言動はともかく、堂島には職場を見る、絶対の見識がある。

「断る。アニメーターは忙しいんだ」

「わ、私だって、暇にしてるつもりはありません。堂島さんには、そう見えないだけで」

「人の見えないところでこそ働くのが、労務管理の業務か？　おまえ、また何か企んでるんじゃないのか？」

「企むなんて人聞きの悪い！　私はただ、職場の役に立ちたいって……」

言い返そうとして、ふいに堂島の手元が気になった。

さっきから、デスクの原画と格闘しながら、堂島はストップウォッチをしきりに操作している。

「なんだ？」

「あの、前からちょっと気になってたんですけど、そのストップウォッチって何に使ってるんですか？」

「即席麵の時間を計ってるわけじゃない」

「それくらいわかります！　でも、演出の仕事って、まだよくわからなくて……」

仕事の効率化を謳《うた》った手前、現場の業務に明るくないのは問題である。とくに堂島の仕事は多方面にわたっているから、いまだに全貌が摑めないのだ。

何をこんなときに、と不穏な視線を向けてくる堂島だったが、業務の話は不快じゃないのか、言い方は刺々《とげとげ》しいままだが、話だけはしてくれる。

「テレビアニメの枠は三十分。ＣＭを度外視すれば、実質二十五分だ。そこからオープニングとエンディングの時間を差し引いて、二十二分。これが本編の時間になる」

「はあ」

「アニメの動きは、走るのが何秒、振り向くのが何秒と決まった尺があるわけじゃない。作品ごとの多種多様な動きを繫げて、必ず二十二分に収めるのが、演出家の一番の仕事だ。それを一秒でもまちがえたら、テレビ局は作品を受理しない」

「そのための、ストップウォッチ？」

「演出家は体感として、頭でイメージした動きを、正確な秒数で把握できなくちゃならない。驚いて顔を上げるなら０．２秒、気だるそうに振り向くなら０．８秒。コンマ一秒、動き出しの時間がちがうだけで、見る者の印象が変わってしまうのがアニメーションの世界だ。俺たちは、そのコンマ一秒に心血を注いでいる」

「だから、ストップウォッチは手放せない、と？」

「勘違いするなよ。わざわざ動きの秒数を計るために、ストップウォッチを使ってるんじゃない。それは、半人前の演出家だ。リズムは体が覚えている。俺がこいつを手放さないのは、いつだって、その感覚を鈍らせないようにするためだ」

言って、握り込んだストップウォッチを瞬きの間に連打する。

ぐっとデジタル画面が突きつけられると、東子の目に、コンマ二桁の位まで「1」の数字が並んでいるのが確認できた。

したり顔で、堂島が目を向けてくる。

「気が変わった。三分だけ、話を聞いてやる」

「え？」

東子が理解できずにいると、もう一度、ストップウォッチを突きつけてくる。よーい、どんっと茶化した調子で宣言すると、画面の数字が目まぐるしく動いた。

「堂島さん、私は遊んでるわけじゃ……！」

「残り、二分五十秒」

意地の悪い笑みで言われると、東子も腹を決めるしかない。

「じ、じゃあ、須山さんの働きぶりについては？」

「優秀な制作デスクだ。人あしらいが上手い。意外に数字に強い。他人の気持ちを忖《そん》度《たく》しないから、面倒な仕事もどんどん外注に振れる。人格的には、見るところはないがな。一分経過だ」

「これまで仕事でトラブルは？　取引先と揉《も》めたとか、同僚とぶつかったとか」

「愚痴はよく耳にするが、大きなトラブルは今のところない。と言っても、トラブルをそうとは見なさないのが、この業界の慣習だが。死人でも出ない限りは、誰も他人の問題になんてかかずらわない」

「それって、堂島さんが独特なんじゃ……」

「残り一分三十秒」

「あ、じゃあ、えっと、異性関係については!?　須山さん、どなたかお付き合いされている方とか」

「須山の恋人？　おまえ、ああいう手合いが趣味なのか？」

「そういうわけでは……」

「他人の性癖をどうこういうつもりはないが、そういう話は本人に聞け。俺は、井戸端会議の主婦じゃない」

「そ、そうですね……」

焦っているうちに、つい職場では不適切な話題に触れてしまった。労務管理の担当者として、失格である。

「三分経過。フィニッシュだ」

画面の数字は見ないままで、ストップウォッチのボタンを押しこむ。手元にあるデジタル画面は、コンマ一秒ずれることなく、三分ちょうどで停止していた。

ルールを承知した以上、東子にはすごすごと引き下がるしかなかった。実質、須山については何も聞けずじまいだったが、これ以上、しつこく食い下がるのも悪手だ。

「あいつは仕事中毒だ。良くも悪くも」

立ち去ろうとした背中に、ぽつりと堂島の声がかかった。

振り向くと、すでに自分の仕事に戻っている。

「中毒？」

「職場とプライベートを分けない。自分のペースで、仕事をしているのさ。この業界の人間には、結構多い」

「やっぱり堂島さん的には、須山さんを評価してるってことですか？」

「言ったろう。良くも悪くもだ。あいつの、人格全体を認めたわけじゃない」

「あの、それってどういう……？」

控えめに問いを重ねるが、それ以降、アニメの鬼は取り合ってくれなかった。自分で考えろと、働く背中が突きつけてくる。

仕事中毒は、自分の方じゃ……と、言うに言えない東子だった。

「えー、俺は関係ねーよー！」

堂島の助言を請け、本人の直接聴取へと踏み切った一幕。

三階フロアの空き部屋に誘って、東子は須山と向かい合っていた。

今回は、外の施設は使わなかった。灰野のときと同じように喫茶店を利用してもよかったが、どうしても須山が会社を離れられないと言うのだ。

制作デスクは、スケジュール管理の総元締めだ。その本人が動けない、と言うのだから、畑違いの東子に抗弁する余地はない。

でも、個人的にお茶をするとかなら……と直後に前言を翻した須山だったが、「いいえ」と率直に、東子は誘いを退けた。今は、相手の戯《ざ》れ言《ごと》に付き合ってる状況ではない。

すげない東子の態度も影響したのか、面談で向かい合って、その当初から須山は不満たらたらの表情だった。

率直に、セクハラの疑いを相手にぶつけた。

あくまで、そういう話が出ている、という言い方で、須山の非を決めつけるつもりはない。セクハラは被害者側には絶対デリケートであると同時に、加害を疑われる人物に対しても、慎重な対応が必要となる。場合によっては、「名誉毀損だ」としっぺ返しを受けるケースも出てくるのだ。

そうでなくても、灰野の言質は取れていなかった。本人に心当たりがないなら、須山にとっては痛くもない腹を探られるような不快さだろう。

「須山さん。私は加害者、被害者、どちらの立場にも立つつもりはありません。あくまで、事実関係がどうあるのか、今日はそれを確認するために、お時間をいただきました。須山さんを、犯人と決めつけるつもりはありません」

「でも、こうして呼びつけてるじゃんか。俺も、仕事で忙しいっていうのに！」

「須山さんの立場はわかります。制作デスクは、責任の多い仕事だと思います。でもだからこそ、こうした訴えに向き合ってはもらえませんか？」

「セクハラだなんだって言われたら、気分は良くない！」

乱暴に言い放って、須山の表情はいつもの軽薄な感じとは、やはり同じとは言えなかった。心底頭に来ている。心外だ、と体全体で表して、東子を睨《にら》むような凄みさえある。

「須山さん。胸に手を当ててよく考えてください」

「胸に……？」

ぷりぷりと憤りをぶつけてくる須山に対して、あえて東子は毅然《きぜん》と対した。

相手の目を、正面から覗《のぞ》きこむ。

「須山さんは心外だと言いますが、これまでの言動の中で、一つも反省の余地はありませんか？」

「おれは、別に人に迷惑は……」

「私のことを、ちっちゃい、ちっちゃいと連呼しました」

「そ、それは……」

「作画スタッフの女性に対して、下着の色を尋ねましたね？　洗濯はちゃんとできているのかって」

「いや、あくまで世間話の一環で……」

「他にも仕上げのベテランの女性に対して『この時期、おばあちゃんは冷え性だから大変だね』と言い放ったり、来社した営業の女性に『化粧が崩れてるよ、厚化粧？』と指摘したり、下ネタ、他人のプライベート、ありとあらゆる失礼を働いたことに対して、何も思うことはありませんか？」

「ひ、平河さん。もしかして、前に『そのスーツ、ちっちゃいから特注でしょ？』と言ったこと、根に持ってる？」

「このスーツは、量販店のつるしです！」

言わなくてもいいことを言って、東子は向かい合った席から立ち上がった。ばんっと、机を叩いたが、それでも上背がないせいで迫力不足なのが悲しい。

「でもさー。俺にだって、言い分が……」

一応、東子の凄みは伝わったらしく、恐縮した様子で須山は話を続ける。

「セクハラって、灰野ちゃんに対してでしょ？　俺も人は選んでるつもりだし」

「やっぱり、心当たりがあるんじゃ……」

「ち、ちがうって！　彼女、神経質なところあるじゃんか！　下手なこと言って、辞めちゃったりしたら大変だし、俺もできるだけ気を使って……」

「以前、彼女が『アイドル』だったと吹聴しましたよね？」

「会社の人なら、みんな知ってるよ！　それに、彼女が声優だったのは、別に恥ずかしいことじゃないし」

「それをどう感じるかは、本人にしかわからないことです。いくら須山さんに他意がなくても、相手が不快に感じるなら、それはすでにハラスメントと見なされてしまうんです」

「そんなの、むこうのさじ加減一つじゃないか！」

「それを言うなら、被害者の視点からも同じことが言えます。だから、ハラスメントの問題は、簡単には決めつけられないんです。そのために、私はこうして話を聞いて回って……」

「その話ってやつ、ほんとに信憑性があるの？」

じろりと睨むような目つきで、須山の声が割り込んでくる。

持って回った言い方に、思わず東子の口も止まってしまう。

「たとえば、声優を辞めた話だけど、彼女、その理由を平河さんに話したりした？」

「相談の詳細は、お話しできません。それに、誰も灰野さんのことだとは……」

「さすがに俺もピンと来たよ。彼女、そんな感じだし。声優時代の話だけど、ファンの嫌がらせって言ってなかった？　この世界にいればわかるけど、ファンから直接何かされるって、よっぽどのことがないとありえないよ。彼女、大手の芸能事務所に所属してたんだから」

「それでも、精神的に追いつめられたら……」

「苦しいって言ったら、仲間内のいざこざの方がよっぽど陰湿だよ。声優同士の恨みつらみ。デビューが近かったりしたら、なおさらだし。彼女が声優を辞めた本当の理由は、足の引っ張り合いに負けたからだって、もっぱらの噂だよ」

それは、ネットで彼女の経歴を調べているときに、東子も実際に目にした。同じグループの声優Fと、彼女は仲違いをしていた……。

けれど所詮、噂は噂に過ぎないはずだ。

「彼女、友達に誘われて声優になったって言ってるでしょ？　でも実際は、彼女にオタクの仲間なんていなかったんだ。そういう境遇を見返したくて、彼女は一発逆転で声優業界を狙った」

「そんな話、どうして……」

「俺は一応、上司だからね。彼女がこの業界に入ったときから、面倒を見てる。虚言癖、とまでは言わないけどさ、彼女、肝心なことは言わないで、自分の殻に閉じこもるところがあるんだよね。不安定っていうか」

「不安定……」

「セクハラの話もさ、だから、少し気をつけて聞いた方がいいと思うよ。彼女が挙げた被害の実例だって、あれはむしろ俺じゃなくて、別の人間にちがいないよ」

「え？」

「体を触る？　立場を利用して関係を迫る？　その話が本当なら、相手はきっと別の人間だよ。俺見たことある。彼女が、スーツの男と歩いてるところ」

話が、思わぬ方向に転がっていた。

セクハラは別人？　その話が本当なら、前提からおかしくなってくる。

「話を誤魔化さないでください。灰野さんが誰かと一緒だとしても、別に不思議はないじゃないですか」

「仕事中だぜ？　それも、一度や二度じゃない。隣町の駅前。ちょっと痴話喧嘩《ちわげんか》っぽい雰囲気もあったし」

「痴話喧嘩なんて……」

「誓って、俺はセクハラなんてしてないから！　彼女を苦しめてなんてない！　別の男が犯人だから！　ちゃんと調べてよ。労務管理者って言うんならさ！」

4

頭がこんがらがってきた。

女性社員の灰野に相談されて、セクハラの問題に取り組んだはずだった。

嫌疑のある須山に直接話をぶつけて、彼の事情を聞いたまではいい。

けれど、勘違い？　相手は別にいる？

自分の疑いを否定するところまでは想像できたが、別の犯人像まで仄《ほの》めかされて、東子もそのまま鵜呑みにはできない。

それでも、須山の言うことにまったく真実みがなかったかと言えば、そうでもないのだ。上司として灰野の面倒を彼はずっと見てきた。彼女の前歴、パーソナリティ。それらを誰より把握している須山の口が、セクハラの犯人は別にいると言っている……。

どっちを信じるか、というのは、労務管理の業務とはちがう。

労務管理者は警察でも裁判官でもないし、あくまで、職場の環境改善が仕事だ。だから、見聞きした情報を、まずは記録しておけばいい。

最終的には会社と本人たちの話し合いの上で、落としどころを探っていけばいいのだから……。

「私、何やってるんだろう？」

寒空の中、立ちつくして、つい東子の本音が漏れる。

十月の空。

今年は寒気の訪れが早いようで、十月下旬のこの時期に、コートを羽織る姿も目立つ。行き交う人々は、次々に駅の改札から吐き出されている。東子は駅構内の物陰に立って、じっと辺りの様子に目を凝らしていた。ストッキング一枚の足元が、ぶるぶると寒気を覚える。

スーツの男を見た、という話。

苦し紛れでないとすれば、須山の言ったことは、やはり東子には無視できない。仕事中に痴話喧嘩の様子まで見せて、それがセクハラと無関係とは、今は断言できなかった。

もし、須山の言い分が正しいとしたら、事実を確かめる必要がある。

話に聞いたのは、隣町の駅前。

灰野のスケジュールを確認して、彼女が外回りに出たのに合わせて、東子も会社を飛び出した。灰野は社用車で出掛けたが、彼女の行き先はわかっている。それが、くだんの隣町。取引先のアニメ会社が駅前にあって、他の所用を済ませたあと、彼女は必ずこの場所を通りかかるはずだった。わざわざタクシーまで捕まえて、事前の張り込みを決めた東子である。

繰り返すが、労務管理者は警察じゃない。

ましてや、こんな探偵みたいなまねなんて……。

木枯らしがびゅうと吹くたび、東子の肩が縮み上がる。

それでも、自分でやると決めたこと。８プランニングに、労務管理者は自分しかいないのだから、最大限、やれることをやるしかないのだ。

たとえそれが、素行調査のまねごとでも。

「あっ」

思わず大きな声が出て、慌てて自分の口を押さえる。その一件だけでも、自分に探偵は無理だと自覚したが、ともかく、視界の先に目標の人物を捉えた。

制作進行の灰野。手に、カット袋を詰めた紙袋をぶら下げている。

その隣に、もう一人、別の人影。スーツの男だった。歳《とし》は、三十歳前後。暖かそうなビジネスコートを羽織っている。

気になるのは、男の手が灰野の肩にかかっていることだった。男は灰野の左側に立って、ぴったりと身を寄せている。小柄な灰野との身長差で、遠目では父親が愛娘《まなむすめ》を駅に送っているようにさえ見える。

やっぱり、彼女の恋人……？　思ったところで、灰野の顔色が気にかかった。笑顔で話しかける男の一方、彼女は反対側を向いて、表情を硬くしているのだ。痴話喧嘩と言えば、そう捉えることもできる。けれど、今にも泣き出しそうな灰野の瞳は、カフェで面談したときの、苦痛の表情とそっくりで……。

「あれは、アーツヒルの速水《はやみ》だな」

突然声が飛び込んできて、東子の心臓がひっくり返る。

しかも耳元だった。えっと振り返ったすぐ目の前に、見知った男の顔がある。

「堂島さん!?　どうして……」

「面白そうなことしてるじゃないか。ついに、労務管理は廃業か？」

あいかわらず意地の悪い笑みで、小柄な東子を見下ろしている。振り返ったとき、びっくりするくらい顔が近かったのが、なお心臓に悪かった。

「顔が赤いな。おたふく風邪か？」

「子供扱いは止めてください！　それより、どうして堂島さんが？　まさか、私のことをつけて……」

「物好きなストーカーじゃあるまいし。打ち合わせ先の会社が、向かいのビルにあっただけだ」

言って、顎をしゃくって示してみせる。

そういえば、この辺りはアニメの会社の密集地だと聞いた覚えがある。とくに東京二十三区以西は業界のメッカで、石を投げればアニメーターに当たる、と冗談交じりに叔父が話していた。

「堂島さん。今、速水がどうとかって」

最初のびっくりからようやく立ち直って、堂島の顔に問い直す。

「アーツヒルの速水。元請け会社のプロデューサーだ。俺も、仕事をしたことがある」

「それじゃあ、灰野さんともお知り合い？」

「灰野も、アーツヒルの仕事を持っていたかな？　うちはグロスだけじゃなくて、単発の発注も受けるから、掛け持ちで仕事を持ってるのかもしれない」

グロスは、アニメ一話をまるまる受ける場合の呼び方だ。単発とは、場面単位で仕事を請け負うことを言うのだろう。

「それじゃあ、二人は仕事上の関係で……」

「速水の噂は、そうとうだぞ？　無類の女たらし。他人の彼女もお構いなしで、速水に泣かされた女性スタッフは、両手の指じゃ足りないらしい」

「女たらし？」

「アーツヒルは小規模の会社でも、プロデューサーってだけで、結構な力があるからな。手癖の悪いプロデューサーは、この業界の癌《がん》だ」

吐き捨てるように言って、堂島は目元の険を強めた。

女たらしの噂。その話が本当なら、セクハラの件も、須山の主張にさらに信憑性が増すことになる。

「おまえ、これは須山の件と関係があるのか？」

「え？」

堂島の視線に射抜かれて、たまらず声が裏返る。

須山の人となりを、本人に問い合わせたばかりだった。しかし、灰野の口止めの件があるから、はいそうです、と頷くわけにもいかない。

「またこそこそと動いて、おまえ、厄介事に首を突っ込んでるな？」

「えっと、詳しいことは、守秘義務でして……」

「下手なかくれんぼをしてるくせに、守秘もくそもあるか。その身なりで、動きだけはやたらと目立つくせに」

「ぐっ……」

ズバリ指摘されて、ぐうの音も出ない。

一人で探偵のまねごとをしようとしたのが、そもそものまちがいだった。

「灰野たちが動いたぞ」

二人の動きを目で追いながら、堂島の足が動き出している。東子の先に立って、手招きまでしてくる。

「何してる。二人を見失うぞ」

「あの、どうして堂島さんが……？」

「会社の人間が絡んでいるなら、俺も無関係じゃない。スタッフの動きを把握するのも、俺の仕事の一つだ」

キリっと言って、仏頂面に真剣味が増した。

業界の悪行を許さない、アニメの鬼――仕事に命を懸けると言ったのは、やはり伊達ではなさそうだ。

「あと、さっきの打ち合わせが、思った以上に早く終わった」

「暇つぶしじゃないですか⁉」

いきなり前言を撤回したくなったが、さらに行くぞ、と急《せ》き立《た》てる堂島に、文句を言う暇ももらえなかった。


駅前の混雑を過ぎると、灰野たちの姿は路地へと入っていった。

この辺りは駅前に商業施設が立ち並ぶ一方、すぐ裏が住宅街になっている。さらに住宅街の先には小さな商店街がちらほらと見えて、なかなか入り組んだ立地だった。

尾行するにはうってつけだが、ますます本来の業務から遠ざかっているような……今さらの後悔に胸を突かれ、ため息がこぼれる東子だ。

一方で、隣り合う堂島の、不敵な笑みはそのままだった。

縫うように路地を進むと、寂れた商店街に出る。

シャッターが下りる店の方が多かったが、酒屋に併設した百円ショップで、灰野たちの足が止まった。どうやら灰野が呼び止めて、買い物を言い出したらしい。男の顔は、ちょっと不満そうにしている。

「仕事の話でしょうか？」

ちょっと言い合うような気配も見えて、同道する堂島に問いかけてみる。

「速水の職場、アーツヒルは反対方向だぜ？　打ち合わせの途中には見えないな」

「それじゃあ、二人は個人的な用事で……」

灰野にセクハラをしているのは、スーツの男、というのが須山の主張だ。

二人の関係性が見えてこなければ、その辺りは判断できない。

「おまえ、彼氏はいるのか？」

「ひえっ⁉」

いきなりな質問をぶつけられて、とっさに裏返った声が出る。

幸い、灰野たちは店内に入っていたから、二人に気づかれた様子はなかった。

「な、なんなんですか、いきなり！　セクハラですよ⁉」

「男女の仲を探ってるやつが、その機微を理解できるのかと思ってな」

「プライベートのことなので、黙秘しますっ」

「かわいそうに。見た目通りのお子様か」

決めつけて、堂島はわざとらしく首を振った。

余計なお世話と言いたかったが、強く言い返せるほどに、東子の二十四年が潤いに満ちたものとは言いづらかった。

百円ショップの傍《そば》で十分ほど待っていると、ようやく灰野たちが買い物を終えて出てきた。店のビニール袋を、男の方が手に持っている。灰野は、終始俯いている。

男が先導するように、二人の足どりはさらに路地の奥へと向かう。今度は、完全な住宅街だ。民家、アパートが林立して、人通りも少なくなってくる。時刻は午後の四時を回ったところ。駅前での張り込みから、すでに一時間以上経過している。

「いよいよの場合、どうするつもりだ？」

「いよいよ？」

振り返った堂島の声に、オウム返しで答える。

「本当に二人が男女の仲だった場合。ホテルにでも、入るかもしれない」

「そ、それは、勤務時間内ですし、労務管理者として注意を……」

「連れ込まれたらどうするって、話をしてるんだ。おまえ、割って入る度胸はあるのか？」

「それは……」

すぐには答えられないでいると、ふいに先行する二人の影が立ち止まった。

ホテルではなく、大きなマンションの前である。

ほっと胸を撫《な》で下《お》ろしたが、その直後に、灰野の弱々しい悲鳴が上がる。男に、腕を摑まれていた。いや、遠目なので、手を繫いでいるのがたまたまそう見えるだけかもしれなかったが、少なくとも灰野の表情は歪んでいる。男の足が、さらに一歩近づいた。

「まずいぞ。ここは、速水の自宅だ」

本人もたった今気づいた様子で、堂島の目に焦りの影がよぎる。

「業界の女たらし。自宅のマンションに連れ込むのが確実だと、本人の口から聞いたことがある」

「それじゃあ、灰野さんは無理矢理……⁉」

「そいつは直接、聞いてみるしかない。おまえが、割って入る出番だ」

「わ、私が⁉」

「男が出しゃばると、何かと面倒だ」

「また、そういう理屈を……！」

抗議が終わらないうちに、堂島の手がどんっと背中を押してくる。

わっと、たたらを踏んで飛び出していた。いきなり二人の前に出る。困惑の顔が向けられるかと思ったが、東子が踏み出したのと同時に、別方向から、まったくちがう影も飛び出していた。

灰野たちの前で、その人影と正面でぶつかる。ばちん、と鼻先に火花が散って、なすべもなく、地面に尻餅をついた。

あいたたた……と、相手の方も、頭を押さえてうずくまっている。

面食らったのは、何より灰野たちの方だろう。いきなり人影が飛び出してきたと思ったら、その両者がそろって倒れたのだ。

蒼白《そうはく》の、灰野の顔が見下ろしている。

「なんだ、おまえたちは」

一方で、男――プロデューサーの速水は忌々しげな表情だった。灰野の腕を掴んだまま、倒れ込む東子たちを交互に睨んでいる。

「人の家の前で藪《やぶ》から棒に。おまえたち、この子のストーカーか？」

「そ、そんな、ストーカーなんて……」

慌てて東子は否定するが、そうすると、速水が注意を向けたのは、倒れ込んだもう一人の人物だった。東子も改めて確認して、その正体に愕然《がくぜん》とする。

速水が、馬鹿にしたような笑い声を上げた。

「は、はあ……さてはおまえが、灰野の声優時代の追っかけか。彼女を嫌がらせで追いこんだっていう」

「ち、ちがう」

「しらばっくれるな！　俺たちの関係を邪魔しようっていうなら、こっちだって手段は……」

言いながら、速水が一歩踏み出す。拳を見せつけるようにして、表情にも容赦の色は一つもなかった。

じりじりと間合いを詰めて、腕を大きく振りかぶる。

「やめて！」

強い声で制止したのは、青い顔で震える灰野。その声の響きには、有無を言わせない激しさがあった。

あっけに取られて振り向く速水に、切実な瞳が繰り返して言う。

「やめて、ください。その人を——秀一《しゅういち》さんを傷つけないで」

「秀一？」

訝しげに答えて、視線がもう一度、足元の人物に向けられる。

その場にいる全員の注目を浴びて——須山秀一は、口を開けたまま動かなかった。

5

「——それでつまり、お二人はお付き合いされている、ということですね？」

がらんとした室内に、東子の硬い声が落ちる。

すでにお馴染《なじ》みとなった、三階フロアの空き部屋だ。

夜の七時。階下では夜型のアニメーターたちがようやく本腰を入れる中、労務管理の業務は、いよいよ大詰めを迎えつつある。

向かい合った正面に、須山と灰野の、ぐったりとした表情が並んでいる。マンション前での一悶着。東子が踏み込んだ修羅場のあと、場を収めたのは、遅れて登場した堂島だった。たまたま通りかかって……と、しれっと言ってのけたアニメの鬼は、困惑する速水をその場から連れ出し、とにかく東子たちから引き離した。

そのあと、逃げるように現場を去って、会社に舞い戻った三人である。堂島がどこにいるのか、今のところ連絡はない。

三階の空き部屋に直行して、何事かと覗きこんできた叔父を丁重に追い返してから、東子はいつになく、困惑した表情を隠さなかった。

あのとき、須山が飛び出してきたわけ。

灰野が、とっさにかばった理由。

どちらも、今日まで東子が信じてきた経緯とは、まるで噛《か》み合《あ》っていない。

「彼女が、複数の案件を掛け持ちするようになってから、ちょっとぎくしゃくすることが多くなって……」

東子の確認する声に、最初に声を返したのは須山だ。

彼女、と言ったのは、もちろん灰野のことだろう。

「ぎくしゃく？」

「最初は俺の下について、手伝いとか、見習いみたいなことをしてもらってたんだけど、入社して半年もすれば、ある程度、制作の仕事は覚えてくるし。それで、グロスの作品を受け持ったり、単発の仕事を掛け持ちしたりで、彼女も忙しくなって。俺からすると、まだ、早いって思ったんだけど……」

「業務を一緒にされる中で、お二人は仲を深められたんですね？」

「どっちからって、はっきりは覚えてないけど……まあ、この業界じゃ、よくある話だし。彼女、こんな感じで、もてるし」

「お二人の関係については、わかりました。それで、セクハラの話については？　結局、須山さんに心当たりはないんですか？」

「それは、ほんとに潔白だって！　たしかに、彼女とはすれ違いが多くなって、喧嘩《けんか》もしょっちゅうだったけど、それで嫌がらせとかは絶対にない！　俺は、陰湿な真似なんかしないって！」

「……言い寄ってきたのは、速水さんの方です」

責められる須山を見てとって、遠慮がちながら、はっきりと灰野が話を引き取る。

相談の当初、頑として犯人の名前を口にしなかった彼女だが、ここに来て、いよいよ覚悟を決めたらしい。

「今回、会社として初めて、アーツヒルと取引することになって。向こうの担当者が速水さんだったんです。これからの付き合いも考えて、まずは単発の仕事をお願いしたいって」

「最初から、灰野さんの担当だったんですか？　会社の他の仕事も掛け持ちされてるんですよね？」

「私の方からお願いしました。私ももう新人とは言えないし、他の人は二件、三件と当たり前にこなしてます。須山さんからはまだ早いって止められたけど、私、これ以上、甘えたくなくって……」

「焦る気持ちはわかります。私も中途入社ですから」

「それで、初めのうちは普通に電話のやりとりだったたんですけど、私の声を聞いて、昔声優だったことに気づかれたみたいで。それから、何かと、直接呼び出されるようになって……」

「速水は、無類の声優オタクだ。彼女のことも、たぶん現役の頃から知ってたはずだよ」

横から口を挟んで、須山は苦々しい表情だった。

相手の節操なさに憤ると同時に、それを今日まで放置してしまっていた自分を、どこかで責めているのかもしれない。

小さく頷いて、灰野が続ける。

「速水さんは、私のファンだって言ってました。それでも、仕事とプライベートは別だって。だから、プライベートの話は仕事のないときに会って話さないかって、しきりに誘われるようになったんです。できるだけ誤魔化して、話からは逃げてたんですけど、それがだんだん、体を触ってきたり、変な手紙を送ってきたり、エスカレートしていって……」

「セクハラが始まったんですね？　そのことを、会社に相談は？」

「できません。だって、会社に迷惑がかかるから……自分から任せてほしいって頼んだ仕事。それなのにプロデューサーの機嫌を損ねたりしたら、せっかくの付き合いが駄目になるかもしれない。私、これ以上、誰かに迷惑をかけたくない」

「それでも、灰野さんの身に危険が及ぶとしたら、それこそ会社の問題です。セクハラは、それを受ける人間に非はありません。いつだって、加害者の責任なんです」

「アーツヒルの作品、私の同期の声優の子が参加してるんです……」

ポツリと言った声に、東子はハッと胸を突かれた。

俯いた表情のまま、彼女の声にきっぱりとした決意が漲っている。

「私、突然、声優を辞めて、いろんな人に迷惑をかけちゃったから。とくに、同じユニットだった子は、私のせいでグループが解散になって。その上、ネットではいじめがあったなんて、中傷を書かれて」

「仲違いは、してなかった？」

「戦友です。大切な仲間です。厳しい業界を生き抜いて、一緒に頑張ろうって誓い合った仲間。どんなことがあっても、あのときの自分たちを、後悔なんてしない」

そう彼女が言う声を受けて、隣の須山が息を呑んだのがわかった。

ネットでの誹謗《ひぼう》中傷。それを鵜呑みにすることも同罪なら、須山も東子も、彼女たちを追いこんでいた一員ということになる。

それでも彼女は、そんな状況でも後悔しない、と言い切ってみせた。彼女が持っていた、声優に対する情熱——それは掛け値なしに本物で、他人からどうこう言われようと、決して揺らぐことはなかったのだ。

そしてその情熱を、立場を変えた今でも、彼女は持ち続けている。

「この仕事だけは——アーツヒルの案件だけは、どうしても私が、自分でやり遂げたいって思いました。それが、迷惑をかけてしまった声優仲間への、せめてもの罪滅ぼしになるから。もちろん、会社に対しても恩返しをしたいって気持ちがあります。こんな中途半端な私を、会社は拾ってくれました。制作として、アニメの現場の人間として、私は早く一人前になりたい」

ぎゅっと、自分の膝を握りしめるその細腕に、東子は彼女の痛々しさを目の当たりにした。ギリギリのところまで、犯人の名前を口にしなかった彼女。それは、自分の仕事を台無しにしたくない、会社やかつての仲間に迷惑をかけたくない、その一心から来た決意だったのだ。たとえ、自分の身が危険に晒《さら》されても。

それを彼女のためらいだと読み違えて、東子は見当はずれの線を追ってしまった。須山に対しても失礼だが、何より、相談者である灰野の気持ちを酌み取れなかったことは、労務管理者として反省すべきところだ。

もちろん、灰野にしろ、須山にしろ、最初からもう少し正直に話をしてくれたら、とは思うが。

「でも、どうして、俺にも言ってくれなかったんだよ？」

彼女を不憫だと思う気持ちは、東子と同じ。

いや、付き合っている、というのだから、須山にはそれ以上の感情があるはずで、問いかける声に、微妙な気持ちの揺れが見て取れる。

「たしかに、速水のこと、今日まで気づけなかったのは、俺の責任だよ。平河さんにセクハラの話をぶつけられるまで、灰野がどんな目に遭ってるか、ぜんぜん想像もしなかった。ちょっと考えれば、すぐにわかることなのに。マンションの前で、速水に腕を摑まれる姿を見たとき、ほんと、心臓が止まるかと思った」

「……」

「だからって、だんまりなのはあんまりじゃんか。俺だって彼氏のつもりだったし。あげく、平河さんには、セクハラの犯人だって疑われて」

「それは……」

「やっぱり、俺のこと、ひどいと思ったのか？　自分が危険な目に遭って、それを見過ごしてる俺のこと、軽蔑した？　俺なんか、彼氏じゃないって、もうとっくに見限って……」

「むしろ、彼氏だと思っているからこそ、ですよ」

途中から口を挟んで、それでも東子は余計だとは思わなかった。

ぴくりと肩を震わせた灰野を一瞥《いちべつ》して、東子は先を続ける。

「彼氏だから、まだ好きだから、須山さんには言えなかったんだと思います」

「どういう……？」

「須山さんて、この仕事お好きですよね？　制作に向いてるって、仕事をしてるのが楽しいって。でも、だからこそ、最初でつまずいてる人間の気持ちが、ちょっとわかりづらいんですよ。楽しいこと、つらいこと。一つ一つに一喜一憂して、ちょっとずつ前進する人間のこと、須山さんは理解しづらいのかもしれません。頑張ってる、灰野さんのこと」

堂島に話を聞いたとき、彼がぽつりと漏らした台詞。

あいつは、良くも悪くも仕事の中毒——最初は下手な褒め言葉かと思ったが、今回のことを鑑みれば、自分の足元をよく見れていない、と須山に注意を促すものだったとわかる。だから、須山は恋人の危機を見過ごしてしまった。彼女が、何に苦しんでいるか。

そのことを、灰野は本能的に察知して、意地になってしまっていたのだ。

「本当は、気づいてほしかったんだと思います。やっぱり、彼氏だから。須山さんに助けてもらいたかった」

「俺は……」

「でも、最後には間に合ったじゃないですか。灰野さんの危機に」

「間に合った？」

「マンションの前で飛び出してきたとき、私とぶつかったのは格好悪かったですけど、すごく一生懸命でした。殴られそうになったときも、逃げようとはしなかった」

正面から言われて、須山も口ごもるしかないようだった。

照れくささを隠せずにいる。ひょうきんな彼のこうした一面を、東子はもう意外とは思わなかった。

「私、どうしたらいいですか？」

話の区切りがついた間合いで、灰野が不安そうな声を上げる。

「結果的に、私が曖昧な相談をしたせいで、平河さんにも須山さんにも迷惑をかけてしまいました。それに、アーツヒルの速水さんを怒らせるような形に……」

「俺のことはもういいけどさ、やっぱり、速水のことは放っておけないよ。いくら取引先のプロデューサーだからって、勝手をするにも限度がある。今度、彼女を引っ張り込もうとしたら、俺がボコボコにしてやる！」

「落ち着いてください、須山さん。それじゃあ、セクハラ以前に、須山さんの傷害事件です」

「だけどさ……」

「お願いします。私、アーツヒルの仕事を台無しにしたくないんです。頑張ってる声優仲間のこと、もう足を引っ張りたくない」

立ち上がって、灰野は深々と頭を下げてくる。慌てて見倣って、須山も不器用に低頭した。

二人の人間の、脳天が東子に向けられている。

東子としても、セクハラをこのまま放置しておくつもりはない。相手には、さらにエスカレートする危険もある。

一方で、速水の顔を潰すわけにもいかなかった。アーツヒルの仕事を完遂することは、灰野の秘めた願いでもある。

セクハラを阻止しながら、仕事も台無しにしない方法。

どうにかこの件を、穏便に終わらせるやり方はないか——。

ふいに、ピピッと東子のスマートフォンが震えた。反射的に画面を見る。堂島からのメールの着信。どうやら、速水の相手はひとまず切り上げたようだ。

それが、東子に天啓を与えた。メール、セクハラ、アーツヒル。バラバラだった糸が、互いに強く結び合う。

画面から顔を上げたとき、東子の口元に笑みが戻った。

「任せてください。私に、とっておきの考えがあります」

6

カレンダーが十一月のページを迎えて間もなくのこと。

あいかわらずのスーツ姿で、東子はアーツヒルの社屋にいた。

道中、首に巻いていたマフラーを、綺麗に折り畳んで抱える。案内された待合室には真新しいソファもあったが、東子は腰を落ち着かせるつもりはなかった。

決戦、という気概がある。

アーツヒルは、創設三十年になる老舗らしい。8プランニングで二十年。人と同じく会社の入れ替わりも多いアニメ業界で、中規模ながら、たしかな実績を誇っているのが、アーツヒルの強みと言えそうだ。その分、時流にうとい、とも言える。

会社は変わらなくちゃいけないから……御歳七十になる現役社長が、東子の叔父である平河進と昵懇《じっこん》の仲であるのは、あとから聞いた話。

東子がまっ先に思い出したのは、以前、叔父から送られたメールに、アーツヒルの名前が確かにあったことだった。労務管理の件で、東子ちゃんに話を聞きたいらしい――。

さっそく叔父に連絡をして、アーツヒルの社長と話をつけてもらった。

直接、セクハラの件をぶつけるつもりはない。速水の話を持ち出したら、会社同士の関係が今後、ぎくしゃくしかねなかった。それは、自分の危険を無視してまで、会社に迷惑をかけまいとした、灰野の気持ちに反することになる。

東子が提案したのは、簡単な説明会だった。

もともとアーツヒルの社長が望んでいたのは、労務管理について、東子の話を聞くこと。ならば、と社員への広報も兼ねて、東子が出張の講演を行うと、相手に打診してみたのだ。

労務管理の要諦は、社員たちの意識を変えることが第一――。

もっともらしい、それでいて正論ではある東子の文句に、アーツヒルの社長が二つ返事で請け合ってくれた。是非、と背中を押される形で、他社での説明会に赴いた本日である。

肝心の講演の内容は――『職場のセクハラ』について。

「搦《から》め手《て》とは、意外に考えたな」

立ったままの東子の一方、どっかりとソファに腰かけて、堂島が皮肉っぽい声を向けてくる。服装もあいかわらずの黒一色なら、ここまで羽織ってきた、ジャンパーの色も真っ黒だ。

「意外、ですか？」

「陰湿と言い換えてもいい。各江田の一件といい、なかなかどうして、的確に人の急所を突いてくる」

「別に、誰かをやっつけようなんて思ってません。職場の改善をするのが、労務管理の仕事ですから」

「よく言うぜ。相手の会社に乗り込んでおいて」

大げさに肩をすくめて、堂島はあきれたような顔だった。東子を、向こう見ずとでも思っているのかもしれない。

「敵の懐に入って、セクハラの講演をぶつ。速水への牽制《けんせい》のつもりか？」

「アーツヒルの社長には、社員の全員に参加してもらうようお願いしています。もちろん、プロデューサーの速水さんも」

「それで、むこうが大人しくなるかな」

「具体的な話をしますから。セクハラの実例を交えて。灰野さんが、本人に受けた被害の数々。きっと、当事者なら身につまされるはずです」

当然、灰野の名前も速水のことも触れるつもりはないが、実例が具体的であればあるほど、速水には良い薬になるはずだ。

今回の説明会には、アーツヒルの社長も同席する予定だ。

「ふん。労務管理のお節介もたいがいだな」

「堂島さんだって、こうして協力してくれてるじゃないですか。最初は、自分には関係ないって言っていたのに」

「男手が必要だと、言い出したのはおまえだ」

「いつも、女の私を利用するから。これで、貸し借りはなし、ということで」

茶化して言ったが、実際東子一人よりも、他に睨みを利かせる人間がいた方がずっと効果的だ。アニメの鬼の、仏頂面ならなおさらだった。

「堂島さん。灰野さんと須山さんがお付き合いされていること、知っていたんじゃないですか？」

話の流れからは不自然だったが、前々から気になっていたことを、この機会に、東子は問いただした。

駅前の張り込み現場に居合わせたとき、堂島は率先して灰野たちの姿を追った。それも自分の役目、あるいは暇つぶしで……と本人の口は語っていたが、もしかしたら初めから、灰野と須山の仲がすれ違っていることに、勘づいていたんじゃないだろうか。

だから、灰野と速水が二人でいるのを見たとき、放ってはおけなかった。東子をけしかける形で、今回の一件を最後まで見届けようとしたのだ。

説明会に同行してくれたのも、その延長線上のこと……。

「俺は、アニメ作り以外には興味がない」

「大切な仲間のこともですか？」

「業務上ってことなら話は別だ。色恋沙汰でこじれるのは、何より仕事の邪魔だ」

苦々しく言い放った堂島だったが、最初の東子の問いを、最後まで否定することはなかった。職場のことをよく見ている。本人に言わせれば、それも業務上のことなのだろうけれど。

「ともかく、速水という男は、アニメ作りに無粋な劣情を持ち込んだ。しかも、うちのスタッフを巻き込む形で。天誅《てんちゅう》を下せるなら、俺も協力はやぶさかじゃないさ――ほら、今回の主役のご登場だ」

言った堂島の視線が、待合室の外へと向けられた。

部屋の扉は開放されていて、その正面に、説明会の会場となる、会議室の入り口が見て取れる。ちょうどそこを通りかかって、プロデューサーの速水が、はっと東子たちを見とがめた。ばつの悪そうな表情。挨拶もなく、俯いた視線が、会場へと足早に消えた。

「いくぞ、平河。三十分で終わらせろ」

ソファから立ち上がって、堂島の背中が先導する。

頷いて、東子も腹に力を込める。説明会の持ち時間は一時間だったが、速水を追いつめるのに、東子も三十分もかけるつもりはなかった。

7

「ありがとうございます……」

窓際の席に、控えめな声がぽつりと落ちる。

駅前の喫茶店。今日も客足がまばらな店内で、東子は改めて灰野の表情と向き合っていた。

アーツヒルでの説明会から、一週間経《た》っている。講演自体は大成功で、相手の社長にも丁寧なお礼をもらったが、東子の成果はもう一つ別のところにある。プロデューサーの速水への牽制。その効果が目に見える形で現れるのは、おそらくもう少し先のことだろう。それでも実感として、灰野には解放された感覚があるようだった。

今向き合っている彼女に、相談前の、張りつめた気配はない。

相談のお礼を……と灰野の方から声をかけて、二人で喫茶店に繰り出した本日だった。店のアイスティーが、前回より格別においしく感じられる。

「平河さんには、本当にお世話になりました」

繰り返して、深々と頭を下げてくる。

「私が中途半端なお話をしたせいで、平河さんにはまた迷惑をかけてしまって……」

「いえ、それに関しては私の勝手な早合点《はやがてん》で。むしろ、事態をややこしくしてしまったのは私ですから。ギリギリの心境の中で、灰野さんはできる限りの話をしてくれたんだと思います」

「はい……」

「それより須山さんとは大丈夫でしたか？　私のことより、そっちの方が大変かと」

「えっと、秀一さんのことは」

名前で呼んで、それだけで、進展はあったのだとわかる。

頷いて、東子は先を促した。

「むしろ、秀一さんの方が謝ってくれました。今まで気づけなくて、ゴメンって。秀一さん、普段は謝るとか、反省するとか、あんまりしないのに」

「お二人の中で解決しているなら、私も安心です。労務管理の業務では、踏み込むことにも限界がありますから」

「平河さんには、ご迷惑になったりはしませんか？　アーツヒルに直接出向いたんですよね？　速水さんから、逆恨みされたりは……」

「ああ、それなら」

苦笑が自然と混じって、東子は続ける。

「説明会自体は、社員の方全員に向けたものでしたから。もちろん、狙いは別にありましたけど。速水さんは終始青い顔をされていて、そうとう肝を冷やしたようで」

「反省、していたんですか？」

「まあ、反省と言えば、反省かな……」

思わず口が濁ったのは、会場での痛烈な視線を思い出したからだ。

説明会の間中、東子の隣に立った堂島が、一時たりとも、速水から目を逸らさなかった。堂島も、灰野と速水の修羅場は目撃している。そのことを速水も承知している
とわかった上で、さらに追いつめる視線を投げていたのだ。アニメ作りを冒瀆する人間は、決して許さない……。

あれなら、速水が逆上してくる心配はまずなさそうだ。

「私の方こそ、灰野さんに謝らなくちゃならないことが……」

居住まいを正して、改めて相手に向き直った。

灰野が、きょとんとした表情を向けてくる。

「相談のこと、第三者に漏らしてしまい申し訳ありません。灰野さんには、念を押されていたことなのに」

「第三者……」

「結果的に、おおよそのことを、堂島さんには説明することになってしまいました。相談者の秘密を厳守すること。労務管理者として、あるまじき失態でした」

言って、今度は東子の方が頭を下げる。

やはり同じカフェの席で、灰野からお願いされた話。なりゆきではあったけれど、相談者の要望に応えられなかったのは、東子の落ち度だ。

「堂島さんは、なんて……？」

白い表情のまま、感情の薄い声が聞いてくる。

「灰野さん個人に関してはなにも。須山さんのこと、心配はしていたようですけど。もちろん、言葉にはしませんが」

「そうですか……」

「お二人のこと、気に掛けてはいたんだと思います。周りがよく見える人だから。それで私の動きも知って、最後には説明会にも協力してくれました。今回の件が解決したのは、堂島さんの力もあります」

「……」

「あの、こんなこと、私が言うようなことじゃないかもしれませんが……堂島さんって、たしかに怖いし、無愛想ですけど、それだけの人ではないんじゃないかって気もするんです。あの人なりに、仲間のことを考えているというか。そのベクトルが、ちょっと独特すぎるだけで……」

「あの人は、ちがうんです」

東子の声を遮るように、灰野が口を挟んでくる。改めて見た表情に、いつかの不安がぶり返している。

「ちがう？」

問い返したが、もう東子の声は聞こえてないかのようだった。膝に置いた手に力を込めて、視線が落ち着きなくテーブルの上を彷徨《さまよ》っている。

「灰野さん……？」

「私が言いたかったのは、そういうんじゃなくて。仲間とか、仕事とか、そういうのは関係なくて」

だんだんと意味が不明瞭になっていく内容に、灰野自身で終止符を打つ。

思い詰めた声が、きっぱりと告げた。

「あの人は……人を殺したことがあるんです」

第三話　安心・安全な職場作りのために

1

「ビスマルクって会社、聞いたことあるでしょ？　あの『フェアリー・アタック』を作ってる」

片手でハンドルを操作しながら、須山が後部座席の東子に問いかける。

車窓がぐんぐんと流れていた。師走の街。あっというまに季節は過ぎて、すでに街は冬一色だ。通行人の着ぶくれの度合いも増している。

車は大通りを走っているが、速度の割に乗り心地が悪くないのはさすがだった。灰野の特殊な運転技術に、東子が慣れてしまったのもある。

「『フェアリー・アタック』って、アニメのタイトルですか？」

「え、平河さん、ゲームもやらない？」

「オセロくらいなら……」

聞かれたことを答えたつもりが、運転席からは深いため息が漏れる。

「まあ、アニメっちゃアニメだよ。今、うちがグロスで請けてる」

「須山さんの担当？」

「国民的アニメだからね！　やっぱり、ここは制作デスクとして本領を……」

「前を見て運転しろ。今のおまえの仕事は、運転手だ」

ぴしゃりと言って、助手席から堂島の仏頂面が睨んでいた。いつにも増して不機嫌そうに、胸の前で腕組みをしている。

三人で乗り合わせて、取引先の元請け会社に向かっている道中だった。制作として灰野も同行する予定だったが、別件のスケジュールが押して、タイミングが合わなかったのだ。年末は、あらゆる部署で現場がばたついている。

スタジオ・ビスマルクと言えば、業界でも大手で通る元請け会社らしかった。創設八年とまだ日は浅いが、8プランニングとは規模の面で段違い。仕事を受けている関係からも、突然の呼び出しに二つ返事で応じざるを得ないのが現状だ。

業界に、まだまだ詳しいとは言えない東子だったが、ゲームと聞いて、一つ思い出したことがある。たしか、東子が子供の頃に流行《はや》ったゲームで、妖精がどうのと、話題になったタイトルがなかったか。当然、東子は買ってもらえなかったが、通信型のそのゲームでコレクションの妖精をやりとりするのが、友人たちの流行りの一つになっていた。

それが、今になって、アニメ化されたということか。

「『フェアリー・アタック』はゲームの新作が出るごとに、アニメも制作されるからね。たしか、今度で四作目。今度のアニメ化は気合い入ってるから、スケジュール的にも結構、カツカツで……」

一応、堂島の睨みには懲りた様子で、前を向いたまま須山が説明を続けてくれる。

「納期が近いんですか？」

「もう、佳境も佳境。カレンダーも見たくないって感じ」

「そんな時期に、呼び出しがあるのは……」

「まあ、異例っちゃあ異例だよね。普通、電話で済ませるし。でも、今回連絡を受けたのは……」

「俺も内容は聞いてない。とにかく社内で話す、の一点張りだ」

須山の声を受けて、硬い表情で堂島が答える。

不機嫌さに拍車がかかっているのは、忙しい時期に急な呼び出しを受けたせいか、あるいは別の原因があるのか。前を見据えた視線が、いつも以上に荒《すさ》んで見えた。

「……どうした？」

視線が、その顔に釘付《くぎづ》けになっていたらしい。

慌てて目を逸らして、いいえ、と首を横に振る。ルームミラー越しに訝しげな視線が追ってきたが、すぐにふんっと鼻をならして、フロントガラスに向き直った。

まだ本人と、まともに顔を合わせられない東子だった。簡単な会話はできても、最後にはつい視線を逸らしてしまう。

灰野から聞いた話……。

頭から信じるつもりはなかったが、笑って済ませるには、あまりに重たい発言だった。あの人は、ちがう――ちがうにしても、それは性格とか考え方とか、折り合える部分の話ではなくて、彼の過去に大きく根ざしたものであるのだ。

もし本当に、彼が誰かを傷つけていたのだとしたら……。

堂島の仕事に対する哲学、取り組む姿勢。頑なさや意地悪さ、それと表裏一体となった仕事への誠実ささえ、東子にはまったくちがったものに見えてしまう。

まさか、本人に問いただすこともできない。まったくのデマである可能性の方が大きいのだ。灰野も、人づての話と、最後には認めてくれた。

それなら、普段通りに、いつものように。

偏見は持たない、と言ってしまいたい東子だったが、こうして車内に同乗すると、どうしても不安が頭をよぎる。

後部座席にいられるのが、今はせめてもの救いだった。

「名刺は出さなくていいぞ。おまえは、業務的には部外者だ」

黙り込む東子をどう見たのか、背中を向けたままで、堂島が声をぶつけてくる。そもそも不思議なのは、今回の呼び出しに東子が参加していることだ。

「付いて来いって言ったのは、堂島さんですよね？」

「別に、俺が選んだんじゃない」

「じゃあ、一体誰が……」

質問が終わらないうち、車が減速を始める。目的地に到着したらしい。正面奥に、立派なオフィスビルが見える。自社ビルだろう。正面の壁面に「スタジオ・ビスマルク」と派手なロゴが描かれていた。

車止めからビルまでは、まだだいぶ距離がある。

堂島に倣って車を降りると、ビルの方から東子たちを呼ぶ声が聞こえた。おーい、と声量も大きければ、両手を振る身振りも派手だ。どうやら女性のようだったが、ずいぶん距離のあるところから、その表情まで見えてきそうだ。

「ちっ。疫病神め」

呼ぶ声に応じることなく、そっぽを向いて舌打ちをする堂島。歪んだ口元が、苦手な食べ物を無理矢理、勧められたかのようだった。

そうこうしているうちに、声の主の方から近づいてくる。おーい、と連呼の声が止《や》んだ代わりに、ニッコリとした笑みが堂島へと向けられている。

その口が、親しげに呼びかける。

「きょうたろー。親友を無視しないでよ」

「きょうたろう？」

思わず口にしたのは、東子だ。

堂島蒼太郎。たしかに、名前通りだったが、アニメの鬼を、ファーストネームで呼ぶ人物は、東子の知る限り社内に一人もいない。

「あなたが、平河さんね？」

堂島が相手にしないでいると、くるりと東子の方に向き直ってくる。身長の低い東子に対し、すらりとした体型の美女だ。セミロングの髪、紺の上着とタイトスカート。小脇に抱えたファイルまで、できる女性を演出している。

「私のこと……」

押し出しの強さに戸惑っているうちに、ぱっと両手を取られる。女性の柔らかな手に持ち上げられて、期せず握手の形になった。

「会いたかったの。きょうたろーの好敵手」

「好敵手……？」

「つまり、私の同志！　不破《ふわ》あかねよ、よろしくね！」

2

「アシスタント・プロデューサー？」

「そっ。『AP』って、気軽に呼んで？」

東子たちを社内に招きながら、迎えの女性――不破あかねは上機嫌で言った。東子に向かって、小さく片目をつむってみせる。

年齢は三十一歳ということだったが、態度にも肌のつやにも、年上らしさは感じさせない。その上で、ニッコリ微笑《ほほえ》む口元に、大人の余裕があるから不思議だった。これが、役職持ちのオーラだろうか。

広いエントランスを先導しながら、最後尾の須山にも気を配っている。

「まあ、ていのいい雑用だけどね。見習い三年。私も会社を移って長くないから」

「それじゃあ、以前は8プランニングに？」

「二年前になるかなあ。制作として働いて、今の会社にスカウトされたの。新しいことを始めませんかって」

先ほどの堂島とのやりとりからも、二人に因縁があるのは想像できた。かつての同期だったという話。年齢こそ堂島より二つ上だが、彼女は大卒で入社して、高卒二年目で他社から移ってきた堂島と一緒になった。だから、二人の因縁は九年越しである。

「そいつはただの裏切り者だ。義理もなにもない」

車中の不機嫌さは継続中で、そっぽを向いた堂島が言う。

にいっと、不破の口元が吊《つ》り上《あ》がった。

「なあにー、きょうたろー？　もしかして、まだ根に持ってるの？」

「おまえが、会社に砂をかけたことは変わらない。個人的には、どうも思っちゃいないさ」

「そんなこと言って、ほんとは寂しかったんでしょ？　このこの、お姉さんが恋しかったかー？」

「や、やめろ、ふわ子！　年甲斐《としがい》もなくじゃれるのは……！」

ぴょんっと肩口に飛びつかれて、青い顔の堂島が必死に相手を押し返している。構わず、このこのーと腕を絡めて、年下の同期を逃がさない不破だ。

きょうたろー、という呼び方といい、ふわ子という返しといい、二人の間にはちょっと並々ならぬ関係性を感じる。

「まあ、この業界は弱肉強食。変わり身の早さも、処世術ってことで」

「弱肉強食……」

聞き覚えのある文句に、やはり因縁めいたものがうかがえる。

「一応、私が口添えして、御社に仕事を下ろしたんだからね。お姉さんの気遣いに、感謝してもらわないと」

「貴社のご配慮には、感謝いたします」

じゃれる相手を引き離して、こちらは棒読みのアニメの鬼だ。

「それより、呼び出した用件をとっとと教えろ。この忙しいときに。こっちは年寄りの相手をしているほど暇じゃない」

「ぐっ、年齢を強調されるのは癪《しゃく》だけど……でも、ちがうちがう。今回呼び出したのは、私じゃないから」

「ちがう？」

「雑用って言ったでしょ？　話があるのは、私の上司、つまりプロデューサー。あんたたち、何かやらかしたんじゃない？」

「俺たちの仕事に、ぬかりは……」

　刺々しく言い返した堂島だったが、その前に、不破の案内で会議室へと通される。

　先客はなかった。長机とパイプ椅子がずらっと並べられている。比べるのもおこがましいが、自社の会議室の、実に三倍近い広さがある。

　どうぞ、と言われて着席すると、すぐに見知らぬ人物が入室した。四十《しじゅう》がらみの男性。脂肪がだぶついて、ちょっと顔色が悪く見える。目の下の隈が濃いが、これはもともとの人相だろう。

　はち切れそうなほどのワイシャツに、きつく締められたベルト。全体的に仕立ては良いが、サイズ感がアンバランスなせいで、せっかくのデザインが台無しだった。そのことを、本人が自覚している印象は薄い。

　今来たの？と面倒そうに不破に尋ねて、はい、との返事に鼻をならす。どっかりと空いてるパイプ椅子に座り込むと、崩した姿勢で東子たちに向き直った。

「どうも、プロデューサーの落合《おちあい》です」

　声が、くぐもっている。

　堂島が頭を下げたのを見て、東子もそれに倣ったが、その仕草を相手が気にかけた様子はなかった。

「8プランニングさん、忙しいでしょ？　うちからも仕事を回してるし」

「はい。おかげさまで」

短く答えて、堂島が頷く。普段の言動はともかく、業務となれば、真っ当の仮面をかぶれる堂島だ。

応じる落合の声は面倒そうだ。

「『フェアリー』はさ、うちの看板なわけ。ほんとは、よそに回してもよかったんだけど、そこは不破の推薦でさ。やっぱり、人脈って強いよね。ねえ、不破ちゃん？」

「仕事の質、実績から見て、今回は8プランニングさんにお任せするのが、妥当であると判断しました。内情も、よくわかっているので」

「まあ、決まっちゃったものを、今さらどうこうは言わないけど……」

そう言いながらも、腹に一物ありそうなのが東子の目からも見て取れる。仕事を回す先に口を出されて、本人はあまり面白くなかったのかもしれない。

「とにかく、任せた仕事はこなしてよ。それが、下請けの役割でしょ？」

「納期まであと約一ヶ月。カットの上がり、撮影の状況、目一杯ではありますが、現状、遅れは出ないと判断しています」

「その、納期なんだけどさ……」

いっそう気だるそうに、プロデューサーの落合は持って回った言い方をする。

「もうちょっと、融通が利かない？　一ヶ月とか言わないでさ」

「融通、と言うと？」

「二週間で納品してもらいたいんだよね。リテイクまで含めて」

二週間と言ったとき、端の席で大人しくしていた須山の肩がびくりと震えた。おっかなびっくり、堂島を見ている。

対して、アニメの鬼は、硬い表情で落合を見据える。

「事情を、聞かせてもらえますか？」

「営業部の方からせっつかれてるんだよね。新規で、ネット配信の段取りが組めそうって。取引先の都合で、映像が早めにほしいのよ」

「完成品を、ということでしょうか？　コンテ撮りや線撮りのデモ版ではなく」

「海外の事業だよ？　中途半端なものを渡したりしたら、恥ずかしいでしょ。言ったように『フェアリー・アタック』は、うちの看板なんだから」

「それは……」

「声はもう録ってるんだから、あとはおたくが絵を作るだけでしょ？　ちょっと融通利かせてよ。うちの不破の顔もあるんだし」

ずけずけとした物言いに、制作の須山の顔がいっそう青くなる。スマートフォンでスケジュールを確認しているようだが、顔を上げると堂島の方を見て、ぶんぶんと首を横に振る。

「あ、あとね。コンテも一部差し替えだから」

しれっと、何でもなさそうに、落合の声が続ける。

「これは、監督の意向ね。100から130までのカット。ネット配信の話したら、監督、やる気になっちゃって」

うっふふと不気味に笑っているが、ことが笑い事で済まないのは、青からどす黒く変色した須山の顔色からも明らかだ。

コンテとは、おそらく絵コンテのことだろう。アニメ作品の設計図となるもの。その差し替えということだから、作業はさらに増えるということになる。いや、すでに出来上がってる場面なら、ゼロからよりも厳しい、やり直しだ。

「このタイミングでの差し替えとなると、新規の扱いとなりますが……」

「お金の心配はしなくていいよ、なにせ、ネット配信で潤うんだから。そっちで、適当に手配して」

「請求に回して、構わないんですね？」

「うちは、大手だよ？　下世話な基準で考えないで」

心底、軽蔑したように言って、落合は席でふんぞり返っている。大手の名前にあぐらを掻《か》いた、典型的なパワハラ社員だ。

「あのー……」

黙っているのも限界だったのだろう。須山がこわごわと手を挙げる。

「当社としても、現状でスケジュールはカツカツでして」

「それって、そっちの都合だよね」

「あ、いや、でも、コンテの差し替えとなると、また一から原画を描き起こす必要が……」

「決まってるじゃない。俺のこと舐《な》めてるの？」

落合の顔に険が募って、部屋にぴりりとした空気が流れる。

それでも言わざるを得なかったのが、スケジュールを管理する制作デスクとしてのさがだったのだろう。道中の車で、すでに現場が苦しいことを須山は話していた。ここから、さらに作業が増えるなら、なおさら黙ってはいられないはずだ。

「しかし、ですね……」

「承知しました。お請けします」

須山の声を遮って、ずばりと言ってのけたのは堂島だ。

驚天動地そのものの発言。思わず須山の方を確認したが、あまりのなりゆきに、手元からスマートフォンを取り落としている。相手側の、不破の表情でさえ、わずかに曇ったように東子には見えた。

それぞれの視線を受けながら、迷うことなく、堂島は宣言する。

「納期の前倒し、新規カットの制作、責任を持って、取り組ませてもらいます。8プランニングの名前に懸けて」

「うん、まあ、適当にやってよ。修正カットの指示は、あとで不破の方から送らせるから」

言いたいことを言って、落合は早々に椅子から立ち上がる。

「ああ、そうだ。言ったとおり、請求はきっちり回してよね。下請けいじめがどうとか、最近は総務がうるさくて……」

独り言のように言って、でっぷりとした影が扉の外に消える。

残された人間の中で、須山の口が、声にならないうめきを上げた。

「どうするんですか、堂島さん⁉」

珍しく須山が突っかかって、堂島の正面に詰め寄っている。

帰社した、8プランニングのいつものフロア。時刻は午後の六時を過ぎて、スタッフは修羅場の真っ最中だ。彼らの聞き耳を刺激しながら、須山の声は、ヒステリーなほどに裏返る。

「安請け合いは困りますよ！　どうするんですか？　うちに、新規カットの余裕なんてないですよ！」

「手の空いた外注を探せ。追加料金は、保証されてる」

「この時期に、誰の手が空いてるって言うんですか！　納期まで一ヶ月ですよ？　一からレイアウトを描き起こすなんて……！」

「二週間だ。納期は繰り上がった」

端的な堂島の指摘に、うぐっと須山の喉が鳴る。吐き気がこみ上げたらしい。

「苦しい状況はわかっている。すでに修羅場であることも。しかし、それを乗り越えてこそのアニメーターだ。俺たちは、命懸けでアニメを作っている」

「だけど……」

「8プランニングの底力を見せてやれ。俺たちはこれしきのことで、折れるような人間じゃない。必ずやり遂げるんだ」

いつも通りの精神論を語って、他の意見を受け付けない。もう慣れっこになっているのか、それ以上、須山が言い募る口もなかった。がっくりとうなだれて、改めてスマートフォンの画面を確認している。

「他のやり方はないんですか？」

畑違いがどうこうと、言ってられる場合じゃなかった。すぐに作業に入ろうとする堂島を、東子の声が押しとどめる。

「他の？」

「納期を見直してもらうとか、作業の負担を減らすとか。クライアントの言いなりになって、社員に負担を強いるのはまちがったやり方です」

「何がまちがっていて、何が正しいのか、おまえにアニメのことがわかるのか？」

「それは……」

「労務管理の仕事は、いい。職場の改善も悪くないだろう。スタッフの悩みに向き合って、その解消につながったことは、俺も一定の評価はしている」

東子の正面に立って、鋭い視線が見下ろしてくる。評価する、という言葉の一方、表情には頑なな意志が張り付いていた。

「だがな、今日の前に、やるべきことと納期が迫っている。それを、労務管理は解決できるのか？　おまえの言い分は原画一枚分の価値もあるのか？　絵を描き、繋げ、アニメーションを作る。その具体的な作業の中で、おまえの役割は、俺たちに正論をぶつけることか？」

「職場が壊れる、と心配してるんです！　須山さんが、もう無茶だって話してるじゃないですか。他のスタッフだって。私も同じ会社の人間だから、部署はちがっても仲間の苦しさは理解してます！」

「同情や歓心で、優れたアニメは作れない。俺たちに必要なのは、どんな修羅場でも凌《しの》ぎきる、気力と体力と覚悟の量だ。クライアントの依頼に応えられないようなら、そいつはアニメーターじゃない」

「どうして、そんな……」

自分を追いこむの、と続けようとして、灰野の言葉が思い出される。

あの人はちがう。過去に何があったのか、何をそこまで突き詰めているのか。問いかける声が曖昧な部分、どうしても、彼の本音に迫ることができない。これももしかしたら、労務管理という、他人事の業務の限界なのか。

「須山。手の見つからないカットは、俺に回せ」

凍りつく東子は脇に放って、すでに堂島は業務に向き直っている。

えっと、驚いた須山の顔が見返している。

「レイアウトから俺が描く。『フェアリー』の絵なら、俺も慣れてる」

「でも、堂島さんは演出チェックが……」

「それも同時にやる。一日五カットずつ上げれば、ギリギリ納品に間に合う。俺はこの程度を地獄とは思わない」

壮絶なことをさらりと言って、レイアウト用紙！とすぐに要求する。弾《はじ》かれたように須山が走って、職場の空気がまた一段と張りつめた。

フロアに濃い霧がかかったようだった。堂島からの圧力。聞き耳を立てていたスタッフたちも、さらなる修羅場へと突き進んでいく。私語や席を立つ音もなかった。鉛筆を動かす、かすかな音だけが室内に満ちる。

どうして……？

宙に浮いた疑問だけが、最後まで東子の頭を離れなかった。

3

「東子ちゃん、ちょっといいかな？」

叔父からの声がかかって、はっと東子は顔を上げる。

二階フロアのいつものデスク。パーテーションはないが、東子は一人孤独と戦っている。

「東子ちゃん、寝れてる……？」

用件を切り出す前に、心配そうな叔父の声だった。

実際、ひどい顔をしているはずだ。制作や作画の人間とちがって、東子に修羅場の作業はないが、その分、心労がのしかかっている。労務管理の役割……定時に会社を上がってみても、自宅で寛《くつろ》ぐ気持ちにはなれない。目が冴《さ》えたままベッドに入って、結局朝方近くまで、寝付けないのが東子の日常だった。

自分が心配したところで、みんなの手助けにはならないのだけど……。

「目の隈くらい、気をつけなくちゃ。嫁入り前の東子ちゃんが」

「すみません。心配ばかりかけて……」

「この会社に誘ったのは、こっちだからね。病気になんかさせたら、兄貴から大目玉食らわされる」

「父は……」

言いかけたが、余計なことは口にしないと思《おも》い止《とど》まった。自分が平河の本家から疎んじられていることは、叔父もすっかり承知している。

「やっぱり、現場の状況は厳しい？」

「はい」

素直に頷いて、東子もそれは認めるしかなかった。

急な呼び出しがあってから、三日。つまり、納期まであと十一日だ。詳しい業務の進み具合や、作品の出来具合に関しては東子も知るよしがなかったが、現場の苦しい状況は、毎日、自分の目に焼き付けている。スタッフの中で、一体何人が家に帰れているだろう。泊まり込みは原則禁止。社長からの方針ということで、一応の通達はあるが、だからといって、それがまかり通る現状でもない。

食事、睡眠、洗濯、風呂……従業員の衛生状態を心配するなら、危険なラインはとっくに超えていて、デスクに向かう社員の多くが悲壮感を醸し出している。

東子としても精一杯の声かけと、できるだけの雑用を申し出てはいるが、労務管理の立場として、これ以上、無理な残業を後押しする真似は控えられた。

健全な職場、など彼らの耳には薬にもならない。

「こんなときに、なんだけど……」

東子の表情におおよそのことを見てとったのか、切り出してくる叔父の口調は遠慮がちだった。

「歳納めの忘年会、どうしようかって考えてるんだ。恒例行事だから」

「忘年会……」

「って言っても、簡単に飲み食いするくらいなんだけどね、年末は慌ただしいから。俺も、去年のことしか知らないし」

叔父が社長を引き受けたのは、一年とちょっと前のこと。この一年で、8プランニングも、大きく変わったことだろう。

「やっぱり、従業員のみんなには、迷惑かな？」

「それは……」

「堂島君なんかに知られたら、俺が怒られちゃいそうだし」

堂島、という名前を聞いて、思うことがあるのはたしか。

けれど、それを差し引いても、東子には切り捨てられない感情がある。

「いいえ。やりませんか、忘年会」

「大丈夫かな？」

「簡単に食事をするくらいなら、時間を作ってもらえると思います。みなさん、二十四時間、デスクに向かってるわけじゃないし。せめて、声をかけるだけでも。少しでも、息抜きになればばって思うから」

「うん。東子ちゃんらしい優しさだね」

やっと笑顔で言って、叔父にも肩の力が抜けたようだった。会社の社長として、現場の状況に、やはり思うところはあったにちがいない。

「それじゃあ、場所は押さえておくよ。会社の近くの居酒屋。有志の人間だけで、ぜんぜん構わないから」

「はい。一通り、声はかけてみます」

「東子ちゃんの参加は必須だね」

姪にお酌してもらおっかなあ、とこれもハラスメントギリギリの台詞を残して、叔父の背中がくるりと返る。

その背中を見送ってから、東子も息抜きついでに立ち上がった。同じフロアの休憩室へと向かう。社内の自販機でアイスティーを購入するのが、季節問わず、東子のルーティーンだった。

「あっ」

財布から百円玉を取り出そうとして、先客があるのに気づく。振り返ってくるずんぐりとしたシルエットは、作画担当の各江田だった。向こうも東子に気づいて、うっすと控えめに会釈してくる。

以前面談したときは半袖、ハーフパンツの出《い》で立《た》ちだったが、今回はさすがに長袖を着ている。上下のジャージでしゃれっ気はないが、洗濯はしている様子で、袖にも目立った汚れは見えない。

「お茶でいいっすか……？」

「え？」

自販機の前から動かず、東子に背を向けながら、すでに硬貨を投入している。

「でも……」

「平河さんには、お世話になったから。お礼もちゃんとしてないし」

モゴモゴと言って、やはり目は合わせてくれなかったが、これはコミュニケーション不全というより、ちょっとした照れの方だろう。口元に、はにかんだ笑みが見て取れる。

じゃあ、紅茶で……と各江田の申し出に甘えると、迷わずアイスティーのボタンを押してくれた。いつか、世間話にそんな話をしたかもしれない。

大きな手で渡されて、東子はその場でアイスティーのキャップを開けた。一口飲むと、胸のつかえが、少しだけ取れた気がする。

「お忙しいですか、各江田さん？」

こちらはホットのお茶を飲み始めた各江田に、控えめに尋ねる。立ち話でも、ちょっと気を紛らせたい気分だった。

「まあ、納期も繰り上がったし……」

「各江田さんも、ビスマルクの仕事を？」

「今じゃ、作画陣全体が『フェアリー・アタック』にかかりきりだよ。演出からのチェックも早い。いくら描いても、先が見えないって感じ」

「やっぱり、過度な負担が……」

「それでも、制作や演出の仕事に比べればマシだよ。仕上げとか撮影とか、会社の外の業務との調整が、一番頭が痛いだろうし」

俺は全然、そっちは詳しくないけど……と自嘲するように言って、手元のお茶を一気飲みする。自分の業務の外にも目を向ける、という彼なりの課題を意識している証拠だった。

「この会社に残ったこと、後悔してませんか？」

結果的に、引き止めるような真似をしたのは東子だ。選択肢を与えただけのつもりだが、東子が口を挟まなければ、各江田は他の会社に移っていたにちがいない。

「やることは、やらなくちゃいけないから……」

「やらなきゃいけないこと？」

「絵を描くのは、どこに行っても変わらない。たぶん、俺はそれしかやれることはないと思うし。だったら、ここで踏み留まっても一緒。きついこと言われても、なかなか自分の絵が認められなくても、乗り越える過程は同じだから……」

「各江田さんは、気持ちが強いんですね」

「よしてくれよ。俺は、一度は逃げようとしたんだぜ？　今だって、帰れるものなら帰りたいし……」

空になったペットボトルを、手の中で持てあましているようだった。

彼のような、業務にプライドを持った人間の善意に、甘えているのがこの会社の現状だった。やらなきゃいけないこと。アニメーターが作品を作ることだとしたら、労務管理者の東子にとって、やれること、やらなければならないことは……。

「平河さんは、どうしてこの仕事をしてるの？」

気持ちが少しでも透けて見えたのだろうか。えっと、見返した東子に、各江田は慌てたように首を横に振る。

「あ、いや、労務管理の仕事を否定するとかじゃなくて。ちょっと気になったから」

「私は……」

「一生懸命やってると思うし、何か理由があるのかなって……」

改めて問われると、東子としてもはっきりとした言葉は浮かばない。

初めて入った会社で、出会ったのが労務管理の仕事だ。その働き方と、誰かを支えるという根本の業務に、東子の気持ちは惹《ひ》かれた。それを、二年足らずでドロップアウトせざるを得なくなって、すがりついたのが今の会社。果たして、アニメの制作会社で、自分が職場改善に邁進《まいしん》する意味は何だろう。

「えっと、余計なお世話……？」

なかなか答えが出せずにいるのを、各江田の控えめな声が追いかけてくる。分厚い眼鏡越しに、不安の瞳が揺れていた。

「いいえ、そんなこと。自分の外のことに興味を持ってもらえたのは、各江田さんにとっても、大事なことだと思います」

「この前の件で、さんざん思い知らされたから……」

ばつが悪そうに言って、各江田は空のペットボトルをゴミ箱へと突っ込んだ。小さな会釈をしてから、業務に戻ろうとする。

「あ、そうだ、各江田さん。忘年会には参加されませんか？」

「忘年会？」

「社長が場所を取ってくださって。8プランニングの恒例行事だと伺ったので」

やっぱり、業務が忙しいから……誘う声も遠慮がちになる東子だったが、振り返った各江田の顔は、別段、迷惑している様子はなかった。

「それって、会社持ち？」

「はい。簡単な食事程度ですけど」

「まあ、少しの時間なら。ここしばらく、まともな食事もできてないし」

ジャージから突き出る太っ腹を、切なそうに撫《な》でる各江田だった。

あ、でも、と改めて向き直った顔が付け加える。

「俺、ウーロン茶しか飲めないよ？」

「これが、飲まずにやってられるかー！」

居酒屋の座敷《ざしき》に、須山の悲痛な声が響き渡る。

午後の十時を回った時刻。座敷は二十人は座れる広さだったが、すでに空席が目立って、テーブルには空のコップが転がっている。声をかけたときは、十五人以上が参加の意思を示してくれたが、それもお茶を一杯口にしたくらいで、コースの鍋が始まる頃には、ほとんどのスタッフが会社へとんぼ返りしてしまっていた。業務が中途半端だから……今日も残業、徹夜は必須で、明日の予定さえ満足に決められないのが大方の現状。制作の人間に至っては、急な電話で呼び出されて、そのまま戻ってこなかったくらいだ。直接声をかけた各江田も、席に着いていたのは、最初の一時間だけだった。

今残っているのは東子のテーブルに、赤ら顔の須山と、その付き添いといった感じの灰野の二人。ビール瓶片手にくだを巻く須山の一方、灰野は一刻も早く、業務に戻りたそうな顔をしていた。

「何が、会社の底力を見せてやれ、だ。とっくに底が抜けて、脱落者が続出じゃんか……」

手酌でビールを注ぎながら、なお、須山の酒乱が収まる様子はない。いつも以上に強気でいられるのは、酒の力を借りてという以上に、周囲に堂島の姿がないからだろう。

もちろん、堂島にも声をかけたが、睨まれるだけで否の返事ももらえなかった。

「だいたい、勝手すぎるんだよ。一人で新規のカットを受けたりして……」

「やっぱり、間に合いそうにないですか？　納期が繰り上がった話。もともとが修羅場だって」

「物理的に無理だって話だよ！　残り十日で二十カット以上の直しだぜ？　まだ、動画にも仕上げにも、回せてないってのに」

「須山さん、もう戻らなくちゃ。外注先から連絡が入るって……」

業務中には一応名字の方で呼んで、灰野にも疲労の色が濃い。一番割を食っているのは、スケジュール管理をしている制作という話。小柄な彼女の体型が、この二、三日でさらに縮んでしまったように見える。

「これ以上、堂島の言いなりになってたまるか！　ちくしょう！　週末には、しゃれたレストランで、灰野ちゃんとデートの予定だったのに」

「結局、その日も一緒にいれるじゃないですか、秀一さん。社用車で撮影スタジオに向かうだけですけど……」

「もう一度、堂島さんに話してみませんか？　スケジュールを再考するようにって。これ以上の負担は、労務管理上、見過ごせません」

二人の夫婦漫才に区切りをつけて、東子は身を乗り出して言った。

自分にやれること。どう考えても、今のままでは誰かが倒れてしまう。

「それは、今さらの話だし……」

急にそれまでの勢いを失って、須山はもごもごと口ごもる。ビール瓶も手放して、赤ら顔まで青ざめる。

「今回の件で、一番修羅場なのは、堂島さんだし」

「でも」

「レイアウトも描きながら、演出チェックもこなすなんて、人間業じゃないよ。あの人何日寝てないんだ？　そのくせ、仕上がりは完璧だし……」

「一番の負担は、堂島さんだってことですか？」

「矢面に立ってる人間を、後ろから突くような真似はできないよ。俺たちの総大将を」

さんざん陰口を言っておいて説得力もないが、それでも、須山が本気で堂島を責めるつもりがないことは、口元の微妙な笑みからも明らかだった。

あの人は怖い、と言い切っていた灰野でさえ、神妙になる須山の横で、文句を口にすることはない。

「どうして……」

思わず口をついたのは、やはりその言葉だ。

顔を向けてくる須山と灰野に、東子は抜き身の疑問を投げかける。

「そこまで追いつめられて、理不尽な業務だってわかっていて、どうして続けられるんですか？　もう、投げ出してしまおうとは」

東子の問いに、二人が顔を見合わせる。

きょとんとした表情で向き直ってきたのは、眉をへの字にした須山だ。

「そりゃあ、現場を投げるわけにはいかないし。好きな仕事だから」

好きだから。

この会社に来て、何度も意識させられた話。この仕事が好きだから。アニメ制作が好きだから。各江田のときもそうだった。灰野がセクハラの件をギリギリまで黙っていたのも、かつての声優仲間を思ってのこと。誰もがこの業界で、自分の「好き」を大切にしている。

「アニメに興味のない平河さんには、わからない話かもしれないけどさ」

言葉を返せないでいる東子に、須山の何気ない文句が降る。須山の顔を見返すが、そこにあるのは、同情にも近い表情だ。

また返事もできず、東子はテーブルの上を見つめる。途中退場が相次いだせいで、食事の溢れかえった各テーブル。自分のコップを引き寄せて、そこに手酌でビールを注いだ。

「平河さん？」

心配そうな須山の声を無視する形で、満杯のコップを一気飲みする。その日、初めて口にしたビールの味は、苦さしか感じなかった。

4

『フェアリー・アタック』の納期まで、あと一週間――。

職場の空気は、いよいよ危険水域に突入しようとしていた。もはや、忘年会や息抜きなどと、言い出すような雰囲気はない。デスクに向かいながら全員の目がぎらついて、息を吐くのも面倒だと決めつけている。

愚痴を言う者もなかった。うめきや嘆き、ちょっとしたため息さえ聞こえてこない。

全体を巻き込んだ過集中。一気呵成に仕事を仕上げて、それぞれのノルマを消化しようとしている。業務としてみればむしろ理想的な状況だったが、労務管理者の東子から見て、それが一種の劇薬であることは明らかだった。自分たちの限界を、限界とは感じられなくなっている。過度な睡眠不足、慢性的な業務の負荷、肉体疲労に精神疲労、脳内に快楽物質が分泌し続けて、すでに後戻りができなくなっているのだ。こんな状態が続いたら、いつ、誰かが倒れないとも限らない。

その修羅場の真ん中で、アニメの鬼、堂島はいっそう頑なだった。

デスクにかじりついている。東子が見た範囲だが、ここしばらく、彼が自席から離れたところを見た覚えがない。一心不乱に手を動かし、ときおり、周囲のスタッフに指示を与えている。

どうして……この前から、ずっと離れることのない疑問が、今も東子の胸に渦巻いている。質問ができる状況ではないし、東子としても、なんと切り出せばいいか見当も付かない。アニメの制作現場を支配する空気。8プランニングは、まさに正念場を迎えていた。

「もどりやっした！」

フロアの扉を乱暴に開いて、汗だくの須山が駆け込んでくる。外は、雪でも降るかと思うくらいの寒さだ。階段を駆け上がってきたらしい。そのままの勢いで、デスクの堂島へと走る。

「外注のカット、全員分上がりました！　新規カット含めて、オールクリア！」

　束になったカット袋を差し出しながら、須山の表情は達成感で一杯だ。彼の目も、疲労と過集中で充血しきっている。脳内のアドレナリンが見えそうなくらいだった。

「追加の設定も、落としてないな？」

「当然っすよ！　担当者には口を酸っぱくして言い続けましたから！　無理なスケジュールの中、本当に目一杯頑張ってくれて……」

「ヘルプで入ってもらった作画監督には、俺からも頭を下げておく。おかげで、作品のクオリティが保てる」

「あとは、堂島さんのカットが上がれば……」

　興奮したようにつぶやく須山の前で、堂島がおもむろに席を立つ。机脇の床に屈《かが》みこむと、両手に封筒の束を抱えて見せた。

「新規の110から120までのカット、レイアウトは仕上がった。原画作業も、じき終わる」

「すげえ、本当に間に合わせた……」

驚愕の目で、堂島を見る。短期間で、本職の演出の仕事も作画の仕事も、彼はこなしたことになる。

何でもない、という仏頂面で、アニメの鬼は淡々と続ける。

「外注のカットは確認次第、原画担当に回す。演出、作監チェック後、すぐに動画仕上げだ」

「原画で二日、動画仕上げに流してもう二日、動画検査後、撮影スタジオに入れれば……来週水曜の編集までに、ギリギリ間に合います！」

「動画仕上げは、ビスマルク指定の業者に回すこと。早いからって、海外の業者を使ったら、これまでの苦労が水の泡だぞ」

「了解！　連絡入れておきます！」

「なんとか踏み留まったな。よくやってくれた」

初めて緊張の面持ちを崩して、堂島が声をかける。正面の須山に対してはもちろんだが、聞き耳を立てる、現場のスタッフ全員をねぎらったものだった。これで、今回も修羅場を乗り越えられる……。

「堂島さんっ！」

一息つくフロアの空気を引き裂いたのは、取り乱した灰野の声。外線の受話器を耳に当てた彼女が、青い顔で堂島を見ている。

よくない知らせであるのは、誰の目にも明らかだった。震えるような彼女の唇が、こわごわと事実を告げる。

「ビスマルクから、連絡が。もう十カット、コンテの差し替えを」

それを聞いた瞬間、文字通り須山がその場で崩れ落ちた。近くのカット袋が巻き添えで床に転がる。

フロアの四方からも、ため息とうめきともつかない、かすれた声。全員が、灰野の言葉に愕然としている。

「……差し替えるのは、何番のカットだ?」

誰もが茫然として動けない中、やはり切り出したのは、アニメの鬼だった。生気の抜けた灰野の顔を見返して、淡々と問いを重ねる。

「修正が必要なのは、何番と何番のカットだ。該当箇所が確認できないと、作業が進められない」

「もう無理っすよ、堂島さん!」

たまらず叫び声を上げて、地面の須山は堂島の足にすがりつくようだった。両手を床について、涙ながら堂島を見上げる。

「なんなんすか、なんのつもりなんすか、ビスマルクは！　これ以上、動けるはずがないっすよ！　俺たちを追いこむような真似！　このままじゃ俺たち死んじまう！」

「まだ、誰も死んじゃいない。可能性がある限り、クライアントのオーダーに応え続けるのが俺たちの仕事だ」

「限度があるっすよ！　もう、限界！　俺たち、精も根も尽き果てて……」

言いながら、実際、涙を流してうなだれる須山。電話口の灰野の視線が、悲痛の色でそれを見つめる。

「全員、須山の言った通りか？」

静まりかえるフロアの空気に、堂島がぐるりと視線を向ける。

誰もが限界……それは言葉にせずとも伝わるもので、そのことを、アニメの鬼は認められないようだった。

「どうして、最初から諦める？　できないと決めてかかる？　倒れるまでが本番だろう。俺たちは、そのためにここにいる」

言い放つが、誰からも声は返らない。あまりに苛烈すぎる視線に、それぞれの席で目を逸らすスタッフたちだ。

そこに、堂島の声が追い討ちをかける。

「おまえたちは、何のためにここにいる？　望んで、選んだ場所じゃなかったのか？　アニメを作るため、自分がこれ以上ないと思える作品を作るため、命を懸けて上がったのが、アニメ業界の舞台じゃないのか！　おまえたちの作品に対する覚悟は、そんなものか！」

もはや注意や忠告でなく、罵声だった。仲間を、痛烈に面罵する声。誰もついてこれないという事実に、堂島自身が誰よりも苛立《いらだ》っている。

「本当に、覚悟がないなら……」

「もう止めてください、堂島さん」

無言を貫く職場の空気に、一歩、足を踏み出したのは東子だった。堂島の、射るような視線が向けられる。現場の人間じゃない。アニメ業界のことは、まだまだ知らない。部外者、と遠ざけられる東子だったが、ここで二の足を踏んではいられない。

「平河……」

「もう本当に、ここが限界です。労務管理者として、これ以上は見過ごせません」

「いつも通りのおためごかしだ。いい加減、聞き飽きた」

「いいえ、聞く耳を持ってください。誰が、手を抜いたと言ってますか？　この中の何人が、中途半端に仕事をしてると。そんな人、誰もいません。全員精一杯やって、それでこの状況なんです。堂島さんだって、わかってるでしょう？」

「俺たちが理解することと、依頼者とのオーダーとは、なにも関係がない。やりきらなければ、ゼロと同じだ。俺は、最後の一線で踏み留まろうとしている」

「そこで潰れてしまったら、何にもなりません！　何を意地になってるんですか？　無茶苦茶言ってるのは、取引先の方ですよ。いくら業界にうといからって、こんな仕打ちが、当たり前だなんて思えません！」

「それはおまえが部外者だからだ！　一度でもアニメを作った経験があるか？　作品を、誰かに批評されたことは？　この業界は弱肉強食、弱みを見せれば、食われるだけでおしまいなんだ。その過酷さを、あまちゃんのおまえは理解できない。おまえがただの部外者だから！」

「部外者でも、立場は変わりません！　労務管理は、客観的な視線で職場を見るものです！　業務の担当者として、正式に進言します。これ以上、過酷な業務を強制するのは、職務管理上、極めて不適切です！」

「えらそうに！　俺たちは、望んでこの場所に立ってる！」

「好きだからって、なんだって言うんですか！」

言い放った言葉と同時に、東子の脇で書類が散らばる。思わず、デスクを拳で痛打していた。全然、無関係のスタッフの席。ひらひらと、没になった原画が舞い上がる。

対する堂島が面食らったのは、東子の乱暴さのせいではなかった。驚愕の表情で絶句している。彼が注意を奪われたのは、東子の瞳から溢れかえる、大量の涙のせいだった。

「好きだから、なんだって言うんですか」

繰り返して、東子の声には嗚咽が混じる。しかし、表情の凄みはいっそう増して、対する堂島を束《つか》の間《ま》圧倒する。

「おまえ……」

「覚悟がどうとか、自分で選んだとか。好きと決めたからって、何がそんなに偉いんですか？」

「誰も、偉いなんて話は……」

「好きだからこそ、失うものもあるんです。自分で決めたからこそ、必要以上に自分を追いこんでしまうんですよ。堂島さんにはわかりませんか？　好きで傷ついた人の気持ちが！」

吠《ほ》えるごとに、東子の涙はかさを増していった。同時に、支離滅裂な言葉も収拾がつかなくなっていく。それでも、堂島は口を挟めなかったし、他の誰も、東子の態度を止められなかった。好きだからこそ失うもの。アニメの制作現場の只中《ただなか》で、なお、東子の叫びは増幅されていく。

「好きだから頑張って、そのせいで追いこまれて。この会社も同じですよ。みんな、好きだからって、自分で決めたことだからって、本人のことは度外視して。それで、立ち直れないほど傷ついたら、何にもならないじゃないですか！　好きを言い訳に、自分を追いこんで追いこんで追いこんで……それで結局、壊れたりしたら、誰も救われない」

すでに声は、糾弾の行き先を失っていた。誰か個人に向けられたものでもない。震える口の奥底で、東子の叫びは悲しく爆《は》ぜた。

「好きで自分を犠牲にするなんて、絶対にまちがってる！」

5

疲れた体でマンションに帰ると、冷たい空気が出迎えた。

一人暮らしを始めて、もう二年。大学の頃は寮生活だったから、誰かしらの気配は住まいのそこここに感じられたのだ。

だからと言って、実家に戻ろうとも思えない。平河の本家は東京で、通勤にもぎりぎり使える距離だったが、東子の方でその選択肢は考えられなかった。実家にしても歓迎の気持ちはないだろう。すでに、平河家からは離れた人間……。

叔父の会社に世話になっておきながら、その言い草もなかったが、その叔父にしてからが、本家とは疎遠になっている。代々続く医者の家系だ。大学を医学部にしなかった時点で、特に父親からはとっくに見放されている。

思い出さなくていいことを思い出して、鞄を床に置きながら、東子は食事をする気力もなかった。時刻は、午後の十一時過ぎ。会社は、まだ動いているだろうか。スタッフたちの体調は大丈夫か。ビスマルクからの、再度のコンテ差し替え要請があってから、逃げるように会社を出てきてしまった東子だった。

こらえきれなかった――。

反省するのは、癇癪《かんしゃく》を起こした自分でなくて、これまで、そのことに向き直ってこなかった時間に対してだ。子供じみた言い訳をぶつけてしまった。それも、現場の一線で、誰よりも苦労を重ねている人間に。堂島の言動がどれだけ無茶であっても、第三者の東子に比べれば、責任ある立場なのはまちがいないことだった。少なくとも、外野で好き勝手に言うよりかは。

その好き勝手を存分に重ねて、東子には自己嫌悪しかない。

ため息も出ずに立ち上がると、スーツのまま、寝室に向かう。部屋の奥がクローゼットになっている。決して広くはない間取りの中で、寝室の物置が、唯一荷物を詰め込んでおける場所だ。大学の寮から引き上げたときの荷物は、だいたいその中に収まっている。ほとんど無意識でクローゼットを漁って、ほどなく、浅黒いケースを見つける。撫でるように触れると、ぴりっと針に指されたような感覚があった。気のせいだと誤魔化して、クローゼットから取り出す。抱えると、東子の両手にずっしりとのしかかる重さがあった。

留め具を外して、ケースの蓋を開ける。

二年ぶりに触れた場所には、変わらず、壊れたヴァイオリンが収められていた。

発表会のあの日――。

弦の感触を確かめると、たちまち、記憶が大学時代へと飛ぶ。

家族の反対を押し切って、入学した音大だった。都内でも、一流どころで通っている。それでも、医者の家系である平河家では、医大以外は大学とも思っていない。とくに、大学病院の院長を狙っている父親は、長男、次男と続いて、末娘である東子にも、医学の道を歩ませると決め込んでいたのだ。

それに異を唱えたのは、ありがたいことに母親だった。この子には、音楽の才能がある……若い頃はピアノを習っていた母は、末娘一人くらい、自分の思うとおりに育てたいと思ったのかもしれない。東子自身も楽器に触れるのは楽しくて、四歳の頃には、ヴァイオリンの英才教育を進んで希望するくらいだった。弦を鳴らしていると、まるでちがう自分になれるような気がした。

女の手遊《てあそ》び、と最初は大目に見ていた父だったが、東子が私立の中学を出て、進学校に入ると、執拗《しつよう》に医学の道を迫った。抵抗したのは母親も一緒で、高校三年の秋まででやりあって、ついに根負けした父が、東子が音大に受験することを了承したのだ。

ただし、音楽をやるなら、必ず一流になるように、と。

それは、自分の思い通りにならなかった父の、意地悪な意趣返しだったのかもしれない。けれど、東子には望むところだった。必ず音楽の道で成功してみせる。父親や二人の兄とちがって、私は好きなことで、身を立てるんだと……。

それが気負いになるまでには、丸三年。必死に音楽の知識を学んで、休むことなくヴァイオリンを弾き続けた。東子が入ったのは全寮制の大学で、身近にライバルがいる環境だったから、少しも気を抜くことは許されなかったのだ。

負けない、と歯を食いしばった。

自分は、ヴァイオリンが好きなんだから、と。

その心が悲鳴を上げたのは、大学三年、将来を決める上で大切な発表会の当日。急に、東子は息苦しさを覚えた。何が、とはっきり言い当てることもできないほど突然に、東子の体を、不快感が縛る。

気がつくと、発表の舞台に立つことを拒否する自分がいた。それでも、言い出せない。切り出せない。思いあまって東子が選んだのは、愛用のヴァイオリンの弦を自ら切ることだった。

すみません。弦が切れてしまったので、もう弾くことができません……。

それで、東子のキャリアが台無しになったのが、一つ。

もう一つは、東子の心から、音楽を楽しむ心が失われてしまっていた。人前で弾くことばかりでなく、ヴァイオリンに触れることさえできなくなってしまったのだ。好きの気持ち、音楽に触れる喜び。父に負けないと意気込むばかりに、東子からは音楽の火が消えてしまった。

ヴァイオリンを辞めたいと告白した時の、母親の嘆きと言ったらなかった。

父親は、ほら見ろ、とは言わなかったが、それ以降、露骨に東子を避けるようになった。味方を失った東子は、やむなく大学の就職課にすがりつき、周囲のサポートを受ける形で、かろうじて、N建設への就職を果たしたが……。

その後、N建設を追われ、叔父の伝でアニメの制作会社に転職したのは、経緯の通り。そこで東子は、作品作りに命を懸けるアニメの鬼に出会った。

好きなことに邁進することの、何がそんなに偉いのか。堂島たちの働きぶりを見るたびに、東子は思わずにはいられない。自分のように、壊れてしまうかもしれない。頑張るあまり、家族も周囲も不幸にしてしまうことも。やりがい搾取、という言葉があるが、彼らはその「好き」の気持ちを利用されて、過酷な業務を強いられているのだ。自分たちで選んだ道だろう、と。

それを助けるのが労務管理者たる自分の役目と思うが、一方で、その資格があるのか、と自問せずにはいられない。結局、自分は好きなことから逃げてしまったのだ。これ以上頑張ると、心が壊れる。そういう自分の限界を感じて、音楽から身を引いてしまったのが、弦を切ったかつての自分だ。

そんな人間に、果たして、人の「好き」を止める資格があるのか。

会社で癇癪を爆発させてしまったのは、自分の中途半端さを自覚していたせいもある。助ける、と言いながら、自分は好きなことに向き合えなかったことに、心のどこかで棘《とげ》を感じてしまっているのだ。その痛みから、無責任な涙を人前で流してしまった。

みんな、呆《あき》れているかもしれない。きっと、白い目で見ることだろう。

結局「好き」から逃げて、すがりついた労務管理の仕事で、自分はまた、誰かを失望させてしまっている。まちがってる、と叫んだ声は、裏返って自分自身に向けられたものだったのだ。

6

休日の昼間に、スマートフォンに着信があった。

画面を見ると「不破あかね」と表示がある。

あ、と思い出したのは、ビスマルクの社屋を訪れた当日、去り際にお互いの連絡先を交換したことだ。これから、いろいろとお世話になるし……茶目っ気のある、つぶらな瞳でウインクをされて、東子は素直に携帯の番号を差し出した。

そういえば、あの日の打ち合わせで、わざわざ東子を指名したのは彼女ではなかったか。結局、堂島に対する陰口くらいで、二人で大した話はしなかったけれど……。

はい、と物思いから抜け出して、慌てて受話のボタンを押す。

こんちー、と声が返って、スピーカーの向こうから、聞き覚えのある陽気さが響いた。

「お世話になってます。先日の打ち合わせでは、どうも……」

——ああ、そういう社交辞令はいいから。これ、会社の携帯じゃないし。

「会社の携帯じゃない？」

——あなたとは、友達になりたいと思ってるし。あ、今って大丈夫だった？

「仕事は、お休みをいただいてますが……」

日曜の昼間。現場自体は動いているだろうが、労務管理者の東子には、休日出勤してまでやれることはない。また、同僚に合わせる顔もなかった。

——ふっふーん。追いつめられちゃった感じだね。会社で、一席ぶったって話でしょ？

「え、そのこと、どうして」

——だって、昔の職場だもの。壁に耳あり、なんつって。

うふふ、と笑って、電話越しにも、悪戯な笑みが想像できる。さすがに大手に引き抜かれるような人材は、情報収集もそつがない。

——なんかさ、うちの会社が迷惑かけちゃってるみたいだから。大丈夫かな、と思って。

「それは……」

——あの、どSの落合め。勝手にもほどがあるんだから。

自分の上司をこき下ろして、鼻息荒く罵倒を続ける。

——もともと、仕事のやり方があくどいって、社内でも評判悪いのよ。お金にも汚いし。

「そうなんですか？」

——ほんと悪代官って感じ。いつか絶対、私が引きずり下ろしてやるんだから！

「それで不破さんは、私たちのことを心配してくださって？」

——言ったとおり、昔の職場だし。それに、あなたにはシンパシーを感じるの。

「シンパシー……」

——きょうたろーの相手はしんどいもんね。うちの落合とは、ちがった意味で。でも、女の子を泣かせるなんて、最低！

泣いた話まで伝わってるとなると、東子としても居心地が悪い。それでも、そんな東子を心配して、彼女は連絡をくれたようだった。堂島の好敵手、という話は、やはり本音らしい。

——ねえ、今から出てこれない？　私も休みで暇してるの。

「『フェアリー・アタック』の納期の件は、大丈夫なんですか？」

——うちは、日曜休みが鉄則だから。今は労基もうるさいし。それに、雑用係にだってお休みする権利はあるわ！　平河さん、お酒は飲める？

「えっと、お酒は……」

もともと、アルコールには強くない体質だ。普段も、滅多に口にしない。先日の忘年会の席で、思いつきでビールをあおって、そのあと小一時間寝込んだくらい。電話口の相手となると、なんとなく、酒豪のイメージがある。

疲れてるので……と断ろうとして、ふいに思いついたことがあった。このままふて寝するには、もったいない好機。相手は、昔の8プランニングを知っている。

「不破さん。私からも、一つお聞きしてもいいですか？」

——えー、なになに？

「アニメの鬼の、人となりについて」

　夕方の六時。指定された場所に向かうと、相手は先にテーブルを確保していた。

　ホテルの八階のお洒落《しやれ》なバーだ。ビスマルクの社屋からは、電車で二駅の距離。お酒といえば居酒屋しか知らない東子には、まったく未知の世界である。時間が浅いためか、客の数はまばらだ。

「あれ、東子ちゃん、スーツなの？」

　テーブルに向かった東子を見つけて、不破がびっくりした顔をしている。

　東子ちゃん、という呼び方もそうだが、彼女の方は仕事場とはうって変わって、カジュアル一色だ。黒のデニムパンツ。上はセーターの一枚きりで、とても真冬の服装とは思えない。上着は、どこかに預けてあるのだろう。

「すみません。どういう服装か、迷ってしまって」

「東子ちゃんの休日ファッション、楽しみにしてたんだけどなー」

「あの、その呼び方……」

「お友達って話さなかったっけ？　まあ、気にしない、気にしない。私のことも『ふわ子』で全然オーケーだから」

　右手でオーケーサインを作って、無邪気な笑みを向けてくる。三十一歳という年齢でこういう仕草が嫌みにならないのが不思議だ。

「『ふわ子』って最初に言い出したのは、きょうたろーなんだよ？」

東子を席に座らせるなり、彼女はそう切り出してくる。今日東子がどんな話を聞きたいのか、すっかり了解してくれている様子だ。

「好敵手ってお話でしたよね。もともと、お二人の仲は……」

「お互い若かったもん。こいつより、やってやるぞって気概もあったし。でも、やっぱり数少ない同期だしね。アニメ業界は、辞めていく人多いから」

戦友、という言葉がぴったりなのかもしれない。あれこれと言う彼女だったが、同期の仲を語るとき、やはり表情には隠しきれない親しみがある。

「東子ちゃん。どうして、あいつのことが知りたいの？」

相手の感傷を想像していたのも束の間、今度は不破のまっすぐな視線が、東子の顔を見据える。

「泣かされたことへの仕返し？」

「そういうわけじゃ……」

言いながら、俯くしかないのが、東子の心境だった。堂島には、今は合わせる顔がない。それでも、このまま放置していい問題でもなかった。８プランニングは、今や誰がどうなってもおかしくない、崖っぷちの状況だ。

まずは、相手のことを理解すること。労務管理者として、問題の本質に迫るために東子は堂島のことをもっと知らなければならない、と思う。

そして、そのためには、避けては通れない過去があるのだ。

灰野から聞いた話。あの人は、人を……。

「ほんと、大昔の話になるけど」

注文しておいたらしいグラスのお酒が届いたところで、不破は悠然と語り始める。小さな唇で一口飲んでから、曖昧な微笑を東子に向ける。

「昔のきょうたろーはさ、今に輪をかけて問題児で。体育会系って感じ？　仕事で揉めると、手が出るわ、足が出るわ。８プランニングに来る前も、他のアニメ会社でいろいろ揉めてたみたいで。最後に流れ着いたのが、今の会社。当時は、狼《おおかみ》みたいな目つきをしてた」

「不破さんとも、そりが合わなかったんですか？」

「ふわ子でいいってば。なんて言うかな、アニメを一人で作ってるイメージ？　そんなこと誰にもできやしないんだけど、俺は一流のアニメーターになるんだって、自負心だけは一人前だった。実際、才能があるのはまちがいなかったし。そんなきょうたろーの鼻っぱしらを折って、一流の仕事を叩《たた》き込《こ》んだのが、原《はら》さんだった」

名前を言ったとき、とりわけ懐かしそうな顔をした。手元のグラスを、持てあますように揺らしている。

「原さんは、8プランニングのオリジナルメンバーだよ。当時で四十の半ばくらい。業界では重鎮の一人だったし、絵もものすごくうまかった。でも、私たちにとっては何よりも育ての親。ほんと、面倒見のいい人だったから」

「それで、堂島さんのことも？」

「恩人って言っていいと思うな。それまでに、きょうたろーは業界中から総スカンくらってたから。原さんはそんな問題児を連れて、一軒一軒、取引先に頭を下げて回ってね。仕事の仕方はもちろん、人としてどう振る舞うべきか、口を酸っぱくして教えてた。この業界は弱肉強食。だからこそ、仲間を大切にしなさいって」

聞き慣れた、堂島の文句。彼は文字通りの意味で使っているけれど、その本当のところは、人の輪を説く教えだったようだ。

「あのきょうたろーが、親同然に慕ってね。ずっと原さんの後ろをついて回ってた。原さんって先代の社長を除くと、8プランニングを立ち上げた時の、唯一のスタッフだからね。もう一度会社を盛り立てていこうって、二人して毎晩のように話してた。

私もちゃっかり相乗りして」

「夢を語り合ってたんですね」

「若かったなー、みんな。きょうたろーは作画の現場で、私は裏方の制作として。世の中をひっくり返すようなアニメを作るんだって、本気で考えてた。ううん、たぶんあいつ一人は、今も本気なんだと思う。だから、あんなことがあって、引っ込みがつかなくなってるんだよ。アニメの鬼、なんて言われて」

「不破さん。私が聞きたいのは、堂島さんの過去に起こった出来事です。何か事故があったんですか？　堂島さんの心を変えてしまうような……」

「事故。うん、そうだね。そういう言い回しが、たぶんしっくり来ると思う」

手元のグラスを放して、不破は初めて笑みの薄い顔を作る。無理矢理口元が笑おうとしていたが、果たせず、きゅっと唇を噛む。

「あいつのデスクの引き出しに何がしまわれてるか、東子ちゃん、知ってる？」

「堂島さんのデスク？」

「後生大事に鍵をかけて。たぶん、きょうたろー自身も取り出せないでいるから。引き出しにあるのは、一冊の絵コンテなの」

アニメの設計図となる絵コンテ。

最近になって東子もようやくアニメの作り方がわかってきたが、その中でも絵コンテは、カメラのアングルを決め、脚本の台詞を書き込み、シーンのおおよその秒数やキャラの動きを指示した、作品の心臓部だ。アニメ作りの出発点と言える。

それが、誰の目にも触れないまま、引き出しにしまい込まれている……。

「コンテを切ったのは、原さん。ベテランが渾身《こんしん》で描いた、オリジナルアニメの第一話」

「オリジナルのアニメを作ろうとしたんですか？」

「8プランニングが、もう一度元請け会社になるためにね。それが、原さんの一番の願いなの。本当におもしろいものを、自分たちの手で、世に問う。下請けやグロスの仕事がだめってわけじゃない。でもやっぱり、私たちは、私たちの作品が作りたかった。だから、必死に仲間を募って、出資元を探して。原さん、手持ちの仕事で忙しいのに、寝る間も惜しんで、出版社やメーカーを回ったりして……」

スポンサー集めや取引先の会社を回るのは、本来なら、営業やワンマンな経営者の仕事だろう。けれど、それを現場の人間が担っていたのだとしたら、それくらい、彼らの願いは切実だったと言える。なんとしても自分たちの手で、オリジナルアニメが作りたかった。

「一年かけて、やっと見つかったのが、とあるパッケージ会社。ＤＶＤ・ＢＤの販売元ね。その会社を中心にして製作委員会が組まれて、いよいよアニメの制作が始まった。８プランニング、十年ぶりの元請け作品」

「そのアニメは結局……」

「問題が起こったのは、アニメ制作も三話目を迎えたところだった。第一話の放送日が一ヶ月後に迫って、現場が火がついたように忙しいとき……例のパッケージ会社から、待ったの声がかかったの。主役のキャラを変更するようにって」

「主役の変更？」

「その会社が別口で出資することになった作品で、酷似した設定のあることが判明したの。だから、キャラを変えろって。当然、私たちは猛抗議したわ。そもそも、そっちのアニメの方が後発だったのよ。でも、出資額の大きさがちがうから、後者の方を優先するって。結局、製作委員会には逆らえなかった。アニメを作っているのは私たちでも、作品の権利自体は、出資元である製作委員会にしかないから」

　複雑なお金の回り方だった。どこの業界にも少なからずあることだろうが、とくにアニメ業界の場合、現場となる制作会社には資金力がないことがほとんどだ。幹事会社に出資してもらって、その資金を元に自転車操業でアニメを作る。だから、取引先への営業が欠かせないんだ、と社長である叔父から、東子も聞いた話だ。

「どうしても納得いかなかった原さんは、きょうたろーを連れて、パッケージ会社に直談判しに行った。それでも、返答はＮＯ。なおも食い下がる原さんに、渉外の担当者はこう言ってのけたわ。『要求が呑めないなら、おまえが作品を降りろ。アニメは個人の持ち物じゃない』って」

「そんな……」

「怒り狂ったのは、当人以上にきょうたろーよ。原さんは作品の監督をやりながら、プロデューサー的なことまでこなしてたんだから。『俺たちが降りたら、このアニメは作れやしない！　ただの張りぼてだ！』。真っ向から嚙みついて、担当者の胸ぐらを摑んだ。運悪く、転倒した担当者が腰を強打して……その場で話し合いは決裂。きょうたろーの傷害を不問にしてもらう代わりに、８プランニングはそのアニメの制作から、手を引かざるを得なかった」

制作を別会社に引き継ぐ形でね、と笑った不破の顔は自嘲で一杯だった。

念願の元請け作品が、水の泡と消えてしまったのだ。

「心労からかな。そのあと原さんが倒れたのは、現場に戻ってすぐだった。病院に担ぎ込まれたときには、もう……脳溢血《のういっけつ》だって。一命は取り留めたけど、左半身に麻痺《まひ》が残って。何より不幸だったのは、原さんの利き手が左手だったこと。二度と鉛筆が握れなくなって、それから一年もしないうちに、二回目の卒倒。私たちが駆けつけたときには、意識はなかった」

　からん、と不破の手元でグラスの氷が滑った。さっきから一口も飲まないで語り続けている。お願いしたのは堂島の過去の話だったが、当然そこには、不破自身の夢も後悔も混じっているのだ。それを言葉で掘り起こして、彼女の心に、どんな感情が浮かんでいるのか。ここでも部外者である東子には、想像しかできない。

「それからだよ。きょうたろーが、今みたいに血眼《ちまなこ》になったのは。それまでも、仕事の虫だった。でも、恩師を失って、力の加減がわからなくなったんだと思う。この業界は弱肉強食……原さんの言葉もどこかねじ曲がった形で、きょうたろーの中で大きくなっていった」

「それじゃあ、堂島さんはその過去を払拭するために……？」

「自分が、原さんを殺したんだ。そう言って憚《はばか》らなかったのは、当時のきょうたろーだよ。さすがに私が諌《いさ》めて、それを言うのは止めさせたけど。今でも、８プランニングのスタッフの中には、その言葉を強烈に覚えてる人間もいる。アニメの鬼、なんて呼び方も、きっとその頃に」

「……」

「あいつが決してクライアントの依頼を断らないのは、その頃のトラウマがあるからだよ。自分が突っぱねたせいで、恩人の願いを台無しにしてしまった。その上、命まで失って……贖罪《しょくざい》、というより、復讐戦《ふくしゅうせん》ね。過去の自分に対する」

「復讐？」

「もう一度、元請け作品を。それを、きょうたろーは諦めてない。当時の失敗で、8プランニングはさらに規模を縮小させて、社長まで交代しちゃったけど……まだ、きょうたろーは本気でリベンジを考えている。そのために、強い現場を求めてるの。どんなに追いつめられても、どんな疲弊しても、決して折れることのない職場。だからあいつは、自分も他人も、ギリギリまで追いこむことをためらわない」

アニメの鬼と呼ばれる彼の、秘めた心情。

どこまでも仕事を突き詰めるのは、自分の過去と対峙《たいじ》するためだった。後悔、怒り、絶望。そうした諸々を呑み込んで、もう一度、彼は戦おうとしているのだ。

「だからね、あなたが来てくれて、ほんとによかったと思ってるの」

過去を見据えていた不破の瞳が、一転、東子の方に向けられる。

「私が……？」

「原さんが亡くなったあと、私はきょうたろーを止められなかった。スカウト、なんて聞こえのいい話。本当は自分で売り込んで、私は会社から逃げ出したのよ」

「でも不破さんは、堂島さんのことを心配してるじゃないですか。今日だって、わざわざ私と会ってくれて……」

「きょうたろーのやってることが自分への復讐なら、私は正真正銘、贖罪ね。別の会社に移って、今度はその立場で、昔の職場を追いつめてる。さすがに、夢見が悪かったわ」

言いながら、震えるように自分の肩を抱く。表情にも苦い後悔が張り付いていた。

「労務管理の仕事。今のきょうたろーにとっては、まさに天敵よ。私以上の好敵手。私にできなかったことを、あなたなら、やれるかもしれない」

「私は……」

「押しつけるつもりはないの。焚《た》き付《つ》けることも。でも、あなたがもし、本当に会社のことを心配してくれるなら……きょうたろーのことを放っておけないと思ってくれるのだとしたら、最後まで彼から目を離さないで。崖下に落ちそうなときは、手を差し伸べてほしいの。頬を張って、目を覚まさせてあげて。きっと私には、もう無理なことだから」

残っていたグラスの酒を、おもむろに一口であおる。

白い顔は変わらなかった。目元に浮かんだ表情が、照れ笑いを浮かべている。

7

どうするべきか、わからなかった。

休み明けの月曜、東子はいつもより一時間以上早く、自宅のマンションを出た。会社に向かわなければならない。労務管理にはずる休みなんてもってのほか。けれど、同僚に合わせる顔がないのは変わらなかった。癇癪を起こした、二日前の出来事。涙まで流して、門外漢が現場を引っかき回しただけの行為だ。

最寄り駅から電車に乗ると、わざと普段の駅を乗り過ごした。馴染《なじ》みの風景を見送り、二つ先の駅で電車を乗り継ぐ。都心に向かう電車に乗り込むと、さらに二駅進んだところでホームに降りた。改札を出ると、ビジネス街が出迎える。駅前を行き交う、洪水のような人の群れ。

駅を離れて、体が覚えているとおりに足を動かした。見慣れた歩道、葉を黄色くした街路樹、車のクラクションさえ懐かしく思えて、東子の足はきびきびと動く。一方で、気持ちには重苦しいものがある。相反するものを抱えて、目的の場所までは十分もかからなかった。

高層ビルが連なっている。見上げた正面の壁面に、控えめな「N」の文字。ほんの半年前まで東子が通っていた、N建設の本社ビルだ。

懐かしさよりも、悲しさの方が先に来る。

断腸の思いで自ら去った職場だった。それが自分にとっても、会社にとっても最善の選択だと思えたから。果たしてそれが正解だったかは、今でも答えは出ていない。

アニメ業界は想像以上の大変さだし、N建設の仕事に未練がないと言ったら、やはり嘘になる。

それでも現実として、東子は前職を離れてしまっている。

今さらかつての職場を訪ねて、一体何になるのか……。

まっすぐに応えることができなかった、との思いが、東子の中にある。つい昨日の不破との会話だ。

休日の夜に呼び出されて、彼女から8プランニングの過去を明かされた。新進気鋭の元請け会社は、多くの人材を失って、下請け会社へと舵《かじ》を切らざるを得なかった。

それを良しとしていないのが、アニメの鬼、堂島の反骨心の源泉なのだ。かつての夢がある。会社と、恩師が抱えた夢。半ばでそれが潰《つい》えて、全ての責任を抱え込んだ彼は、一人で戦い続けることを選んだ。周囲を巻き込んだ、悲壮の復讐戦。見かねたかつての戦友が、あえて会社を離れることになっても、その戦いは終わらなかった。

私は逃げ出した人間だから、と不破は語った。鬼と呼ばれる相棒のことを、これ以上、近くで見続けるのは苦しいから、と。お互いにとってそれは必要なこと、と選んだ彼女の決断だったが、だからこそ、堂島のその後を彼女は誰かに託さざるを得なかったのだ。

よりにもよって私に、というのが、東子の正直な気持ちだ。

逃げた、と言うなら、過去から目を背けたのは他でもない東子自身のことだった。自分の「好き」の気持ちに向き合えなかった。これ以上傷つくのが怖くて、東子は音楽から離れることを選んでしまった。

そんな自分に、今の堂島を救えるとは思えない。過去のしがらみに囚《とら》われた彼。その中で一緒にもがくならまだしも、とっくに戦うことを放棄した人間に、手を差し伸べる資格があるのか。いや、何かを変える力があるのか。

何もできやしない、というのが、寝ずに考えた結論だった。

実際、今の職場で何一つ仕事を果たせずにいる。労務管理の業務。健全な職場を作ろうという東子の決意は、納期という現実の前にまったくの無力だ。夢から逃げ出して、すがりついたN建設からも放逐され、たどり着いたアニメの会社で、私は途方に暮れている……。

正面のビルが、何か答えをくれたらと思った。

前職の記憶をたどれば、袋小路《ふくろこうじ》の現実を突破できるかも、と。しかし、実際は、離れたという事実を、思い知らされるだけのことだった。懐かしささえ、曇天の下では色あせてしまう。まるで、一度も足を踏み入れたことがないかのように、N建設の本社ビルは、部外者の東子を頑なに拒絶するのみだった。

そろそろ会社に向かわないと……引き返すギリギリの時刻だと確認して、きびすを返した東子だったが、ふいに視線が止まる。ビルの正面入り口だった。出社に忙しい社員たちに交じって、リクルートスーツがまぶしいのはまだ学生らしい若い集団だ。五、六人の男女のグループ。就職面接かとも思ったが、師走の時期に、就職試験を実施する企業も少ない。

とすると、彼らはインターンかもしれない。企業から内定をもらって、入社の四月まで実習の名目で職場を体験する。過酷な就職戦線を勝ち抜いて、入社の権利を摑んだ彼らは、これから社会の厳しさと、やりがいを学ぶのだろう。

当時の東子も同じだった。いや、彼ら以上に気持ちは強かったと自負がある。失った夢や希望の分だけ、がむしゃらに頑張る必要がある。もう誰にも迷惑をかけず、自分の一人の足で立って、逃げることも挫《くじ》けることも、決して許されないのだという覚悟の中――東子が出会ったのは、労務管理という仕事だった。

あ、と心の奥に触れるものがあった。

当時の心境。焼け付くような焦燥感の中で感じた気分は、今も忘れることがない。

誰かを支え、助ける業務だ、と最初に教わった。

そのとき知った、癒《いや》し、安堵《あんど》。

この仕事に出会って、私が最初に感じたことは……。

はっと、物思いから引き上げたのは、スマートフォンの着信音。ポケットの中でぶるぶると震えている。不破さん？と反射的に思いついたが、画面に表示されているのは、会社の外線番号だった。

慌てて、受話のボタンを押す。

はい、と応えるよりも前に、わめき立てたのは、須山の声だ。

――大変です、平河さん！

「須山さん？　今、会社から？」

——全員徹夜ですよ！ 仕事がさらに増えたから。そんなことより、緊急事態！ 平河さん、どこにいるんですか？

「私は通勤途中で……」

——とにかく、早く会社に来てください！ いや、直接の方が早いかな、俺たちは動けないし……。

「落ち着いてください、一体何が？」

要領を得ない須山の声に、強めの文句で問いただす。

一息吸った相手の調子は、それでもまったく落ち着きがなかった。

「堂島さんが、倒れたんです！」

電話口で聞いた病院までは、東子のいた場所からも遠くなかった。慌ててタクシーを捕まえて、搬送先の病院名を伝える。勤務中に倒れた、という話だ。今朝は、多くのスタッフが徹夜で作業中だった。誰もが疲労と眠気で朦朧《もうろう》としている。それを叱咤《しった》して、人一倍、手を動かすのが忙しい堂島だったが、ふらりと休憩に立ち上がった途端、その場で卒倒したらしい。呼びかけてみるが、意識はない。急いで救急車を手配したが、現場にいたベテランの一人が、不吉な声を隠さなかった。原さんのときと一緒だ……8プランニングのオリジナルメンバー。六年前にやはり仕事中に卒倒して、病院へとかつぎ込まれた。そのとき、彼は半身の麻痺が残ってしまったという。利き手の左腕。絵を描くことができなくなって、そのまま一年後、次の発作を起こしたときには、もう意識が戻らなかった。

でも、堂島さんに限って——。

タクシーの後部座席で、祈るように思う。あのアニメの鬼が、まさか同じような目に遭うはずがない。彼は誰よりもタフで、気分屋で皮肉屋で、人を見下ろすことがお似合いの人物。二度と職場に立てなくなるなんて、そんなことは……。

打ち消すが、空想は悪い想像にしか行き着かなかった。まさか、と思う一方、職場で倒れること自体、普段の堂島からは考えられないことなのだ。今は、無事を願うしかない。

一時間もしないうちに、タクシーは病院に着いた。須山からは領収書をもらうよう言われていたが、そんな時間さえ惜しかった。突きつけるように代金を渡して、病院玄関へとひた走る。受付の看護師に問うと、緊急搬送の患者は、裏口から四階の病室へと運ばれたという話だった。手術室でないと聞いて、一応はホッとする。

それでも、本人の顔を見るまではわからない。直近のエレベーターで、四階へと向かう。指示された病室を目指して、長い廊下を二度曲がる。突き当たりの四〇六号室が受付で聞いた部屋だった。扉の脇に六名分の名札がある。どうやら、共同の病室らしい。

ノックも忘れて飛び込んで、広い部屋に見知った姿を探す。ぐるりと見渡して、右奥の窓際のスペース、仕切りのカーテンが開かれた場所に、堂島を見つける。

ベッド脇に腰かけた彼が、今にも立ち上がろうとする瞬間だった。

「なにしてるんですか？」

思わず、詰問の声が出る。

目線を合わせて、堂島は青白い表情だった。

服装はいつも通りだ。処置のために上着だけは脱がされていたようだが、今はそれも腕を通して、胸のボタンに手をかけている。帰りの身支度のように見えた。

「おまえこそ、なにしてる」

顔色の一方、声はいつも通りのつっけんどんで、堂島からは不機嫌さしか感じない。

「私は、病院に運ばれたって聞いて……」

「もう戻る。どいつもこいつも大げさだ」

言いながら、ベッド脇の財布や小物を上着のポケットに入れている。病院までは灰野が付き添ったという話だが、彼女は精算にでも出ているらしい。

「大げさって、救急車で運ばれたんですよ？　堂島さん、意識は？」

「めまいがしただけだ。医者も、寝てれば治ると言ってる。こんなところに長居できるか」

「過労じゃないですか！　働き過ぎなんですよ、堂島さんは！　他の人に仕事を振ってるからって、自分でも無理を重ねて……」

「無理だ、限界だと、人から言われるようなことじゃない。やるべきことだから、俺はやってる。そして、今はその途中だ。だから、仕事に復帰する」

「復帰なんて……！」

言い募る東子の態度に、堂島は忌々しそうに首を振った。

冷たい口調で、突き放す。

「こんな場所で、言い争うつもりもない。おまえも、時と場所を考えろ」

「でも……」

「労務管理は平時の業務だ。今は常時が戦場。綺麗事《きれいごと》の出る幕じゃない」

言い切ると、本当にベッド脇から立ち去ろうとする。履き物が、病院のスリッパだった。靴は途中で脱がされたらしい。ぺたぺたと場違いな音を立てながら、病室の扉へと向かう。

「待ってください、堂島さん。ちゃんと回復するまで……」

「しつこいぞ、お節介。おまえは、アニメの仕事がわかっちゃいない」

「アニメの仕事……」

「俺たちは、自分のために仕事をしている。自分で選んだ仕事だからだ。それがわからないやつに、つべこべ言われる筋合いはない」

引き止めた腕を振り払われた。黒い背中が遠ざかる。倒れた直後だというのに、足どりは崖を登るかのように力強いものだった。

「私だって、好きですよ！」

扉に手がかかったところで、相手の背中にぶちまけた。

ぎょっとしたような堂島の顔が、首だけ振り返ってくる。

「おまえ、何を……」

「好きなんですよ、私も！　堂島さんや他のみんなと同じくらい！」

困惑の顔を目の当たりにしても、東子は声を止められなかった。こみ上げてくるもの、突き上げる衝動。それを抑える気持ちはなくて、感情のままに声が出る。同室の患者の、好奇な視線が突き刺さっても関係なかった。

「私だって、この仕事に必死なんです！　労務管理の業務を、やり遂げたいって気持ちがあります！　それは好きだからです！　誰かを、支えたいと思ってるから！　私にとっては、この仕事が天職なんです！」

前の職場で、初めて労務管理の業務に出会ったときのこと。

素晴らしい仕事だと思った。誰かの役に立てる、立派な業務だと。それは、音楽の道に破れて、自分を信じられなくなったとき、その苦しさを慰めてくれる意味もあった。家族に迷惑しかかけられなかった自分……音楽を志すと誓っておきながら、道半ばで放り出した当時の自分は、勝手で独善的で、エゴイストでしかなかった。

そんな自分を変えたくて、就職戦線に身を投じた。

そうして出会った労務管理の仕事は、最初は、過去を清算するための、手段の一つでもあったのだ。償いのための、奉仕。

だけど、今は……。

「自分のためだけじゃなくて、誰かを支えたいって素直に思えます。前の会社を辞めて、なりゆきでアニメ業界に来て、知らないことに右往左往して、勝手な理屈に振り回されて、からかわれて、落ち込んで、部外者って言われたときは、立ち直れない気持ちにもなったけど……それでも私は、やり遂げたいって思ったんです。それは、この仕事が好きだから。堂島さんがアニメ作りを愛するように、須山さんが、灰野さんが、各江田さんが、会社のスタッフの全員が——自分の仕事を誇りに思っているのと同じように、私も、労務管理の業務を大切だって、心から思ってるんです！」

全員の顔を思い出せた。会社のスタッフの、好きなことに打ち込む表情。私もあんなふうになりたい……思ったとき、心に甦《よみがえ》るものがあった。何かを、好きと思う気持ち。音楽の道で一度は失った感情。同じものを、私は労務管理の仕事に感じている

——！

もう、手を振り払わせるつもりはなかった。相手の腕にすがりついて、意地でも放さないと心に決める。ここで諦めることは、労務管理の業務を放棄するのと同じだからだ。好きだから、絶対に諦めない。倒れても職場に戻ろうとする、アニメの鬼と同じくらい強い気持ちで。

「絶対に、誰も職場で不幸にはさせません。理不尽に苦しむのは、労務管理の担当者として、私は決して見過ごさない。それが、私の仕事だから」

「だからと言って、どうする……？　おまえの決意が本物でも、どれだけ強い気持ちを持っていようと、納期は目前にある。クライアントの意向は無視できない。平河。

おまえに何ができる？」

鋭い視線が、間近で覗きこんでくる。けれどそれも、東子を糾弾したり、勝手を罵倒するような、敵対する感じはすでになかった。東子の中に、見えない答えを探そうとしている。

「考えます。健全な職場を作る方法」

「健全な職場……」

「社員が何の心配もなく、働くことのできる職場。私が目指すのはそれです。必ず達成してみせます。堂島さんたちが力を尽くせる職場作りを。それが私にとって、この会社にいる意味です」

相手の目を見返して、最後には力強く頷く。虚勢を張ったつもりはなかった。安心・安全な職場作り——決意した東子の脳裏には、すでに閃《ひらめ》くものがあった。

8

高揚感と不安がない交ぜになった気持ちで、正面のビルを見上げる。

都心にあるビスマルクの社屋。東子が訪れるのは、これで二度目だった。一度目はわけもわからず連れ出されて、プロデューサーの落合と対面した。そこで突きつけられた、納期の前倒しと絵コンテの差し替え。現場にとっては途方もないノルマだったが、当時の東子に口を挟む余地はなかった。アニメ現場に、労務管理はお呼びじゃない……。

それでも、と声を張ったのが、今の東子の立ち位置だ。堂島と約束した。必ず、健全な職場を作り上げる、と。それこそ途方もない課題だったが、東子が自ら言い出したこと。もう逃げない。そう誓って、東子は敵の本丸に乗り込む覚悟だった。

正直、準備は十分とは言えない。病室で堂島と言い合ってから、まだ二日だ。しかし、作品の納品まではすでに三日を切っている。『フェアリー・アタック』＃4。『＃4』というのは、放送回の第四話を意味している。現場は、火がついたような忙しさだろう。大将である堂島まで抜けてしまって、残されたスタッフたちは、不安の中で作業を続けているにちがいない。

それでも、東子は堂島が復帰することを許さなかった。労務管理者として、必然の指示。素直にうん、と頷くアニメの鬼じゃなかったが、その代わりに、と東子が約束したのが、今日の直談判なのだ。ビスマルクから、納期に関して譲歩を引き出す。請け負った仕事を今さら放棄することもできなかったから、せめて、スケジュールを先延ばししてもらうよう、提言するのが東子の狙いだ。

その間に堂島にはしっかり回復してもらって、残りの日数で作品を完成させる。そのための手だてが整っているとは言えなかったが、ここまで来たら、ある程度は出たとこ勝負で相手の懐に飛び込むしかない。手持ちの準備を今は信じるのみだった。

「ほんと、東子ちゃんには面倒かけるね」

本丸のビルを見上げながら、並んだ叔父の進が苦笑して言う。

玉砕覚悟の東子に同行してもらった形だ。他のスタッフは、業務外のことに手を出せる余裕はない。その点、社長の叔父は融通が利いて、東子のたっての頼みに、二つ返事で応じてくれた。

社長の名前を出して、相手を話し合いの場に引っ張り出す狙いもある。東子一人が頑張るよりも、やはりこういう場には肩書きが有効だった。

「すみません。私の勝手なやり方で……」

「目一杯、利用してもらって構わないよ。何度も言うけど、この会社に引っ張り込んだのは、こっちのわがままだ」

「私は、素晴らしい職場を与えてもらったと思っています」

「うん。その気持ちがあるから、東子ちゃんに全部任せられるんだ。丸投げかもしけないけど。本来なら今回の件も、社長である自分が率先して動かなくちゃいけないのに」

言いながら、ますます自嘲の顔を作る叔父だった。

一歩引いて、現場を見ている。丸投げ、と本人は言うが、そういう社長の配慮があったからこそ、現場はつつがなく回っていたとも言える。

職場環境の改善にしたって、叔父が言い出さなかったら、そもそも東子がこの会社に関わることさえなかったのだ。

「今回も、東子ちゃんの思うとおりにやってよ。気後れしたりしないでさ」

「会社には、迷惑になってしまうかも」

「いいよ。責任は取るから。蛇が出ても、熊が出ても。まあ、俺の首くらいじゃ、会社は守れないかもしれないけど」

おどけて、自分の首を切る真似をする。べーと舌まで出す表情に、思わず東子もくすりとした。こんなにも信頼されているのだから、今日の直談判、しくじるわけにはいかない。

「行こうか」

努めて平静な叔父の声に押されて、ビルの正面玄関へと足を踏み出す。約束の時間まで、五分を切ったところだ。受付に言って、アポイントがあることを告げる。すぐに、入館証を手渡された。案内された部屋は、前回の会議室とはちがう場所だ。立派な応接室。革張りのソファが向かい合わせになって、中央にガラスのテーブルが置かれている。壁一杯に、ビスマルクの業績を示す賞状や記念の盾が並んで、東子は気後れしそうになる自分を奮い立たせるのに必死だった。着席して、相手方を待つ。

一分もしないうちに、扉が重い音を立てた。二人連れだ。一人は、担当プロデューサーの落合。今日も隈の濃い表情をしている。もう一人は、初見だった。シックな色合いの背広。体格は落合よりも小柄だったが、前後して入ってくる様子だけで、プロデューサーよりも格上の人物だとわかる。短い髪を整髪料で撫でつけて、フレームの薄い眼鏡越しに、ぎらりと周囲を見据えている。部屋に東子たちを認めると、ゆっくりとした歩幅で近づいてきた。

「どうも。制作部長の長田《おさだ》と申します」

重苦しい声で言って、しかし、名刺を差し出す手つきは丁寧だ。面食らった東子だったが、隣の叔父が、抜け目なく自分の名刺を取り出していた。二人のやりとりを待ってから、東子も名刺を交換する。スタジオ・ビスマルク、制作部部長、長田俊紀《としのり》と表記がある。

「部長職の方までお出ましいただいて、大変恐縮です」

にこやかに笑って、叔父が頭を下げる。

「なに。8プランニングさんは、社長までご足労いただきました。私程度で、話になればいいのですが」

「もちろん、つつがなくお話しさせていただきます。具体的なことは、うちの平河から……」

言って、目線を寄越した叔父だったが、その前に長田が意外そうな表情をする。

「平河さん……ご親戚ですか？」

「不肖の姪です。なんて言って、実際は非常に優秀な、弊社の労務管理担当者です」

「はあ」

何とも判断の付かない顔で、長田の目が東子を捉える。

ではさっそく……と、東子たちに着席を勧めながら、自分たちは正面に座った。並んだプロデューサーの落合が、落ち着きのない目で、東子と自分の上司とを交互に見ている。

「納期の件、と伺いましたが……」

段取るように一つ身じろぎしてから、長田の方が切り出してくる。

その声を遮って、東子が初めて発言した。

「その前に、一点」

「何か？」

「長田部長は、今回の件を、どの程度承知してらっしゃいますか？」

相手がどこまで現場のことに精通しているか、確認しておきたかった。今回、東子はビスマルクから、一定の譲歩を引き出すつもりでいる。作品の納期を見直してもらうこと。そのためには、いかに現場が疲弊しているのか、相手に理解してもらうことが重要なのだ。

「落合から、一通りの話は聞いています。何でも、コンテの差し替えがあったと？」

「それと同時に、急なスケジュールの変更もです。私たちはそれを、不当であると考えています」

もはや、言葉を選ぶ段階じゃなかった。

長田の隣で落合の目が吊り上がったが、構わず東子は先を続ける。

「経済産業省の出した、ガイドラインについてはご存じでしょうか？」

相手の目を見据えながら、事前に用意しておいた書類一式を取り出す。相手のテーブルの前に示すと、長田の目がじろりと書類の表紙を眺めた。

「アニメーションの制作現場を対象とした、公的な調査報告書です。年度ごとに、改訂も行われています。内容は、アニメーション業界の、法令違反について」

「ふむ……」

「主に下請法の内容と、業界の実態について、精査されています」

下請法とは、正式には「下請代金支払遅延等防止法」。アニメ業界に限った話ではないが、大手企業が中小の取引先へ横暴を働くことのないよう、下請け業者の利益保護を目的として制定された法律である。東子も、コンプライアンスの観点から、労働法、会社法規の一環としてN建設時代に学んだ。

「下請法によれば、親事業者は下請け業者に発注する際、具体的事項を記載した発注書面を交付する義務があると定められています。しかしながら、今回の、コンテの差し替えに付随する新規発注において、弊社はそのような文書を受領しておりません」

「直接、言っただろうが！」

それまで口を挟まなかった落合が、ここぞと唾を飛ばしてくる。

「あんたもその場にいたはずだ！　コンテが変わるから新規の発注となるって！　追加の料金を支払う約束だってしたんだぞ！」

「口答の内示による場合も、原則、書面での通知が必要となります。あくまで、契約上のトラブルを防止するためです。下請け業者は立場上、契約の変更にあたって、強くものは言えませんから」

「仕事を承知しておいて、今さら……！」

「問題はその点です。私たちは、承知せざるを得なかったんです」

何を……とさらに息巻いてくる落合を正面に、東子は隣の長田へも視線を向ける。

ここまでの話で、ビスマルクの制作部長が表情を動かした様子はない。

小さく唾を飲んで、東子は続ける。

「先般、弊社スタッフが御社に呼び出された時点で『フェアリー・アタック』＃４は、納期まで一ヶ月を切っていました。スケジュールの半ば以上を消化した状況です。そこに来て、納期の前倒し。絵コンテの差し替えを指示された時点で、私たちには残りの業務をこなす選択肢しかなかったんです。すでに、制作費の大半をつぎ込んでいる状況でした」

「スケジュール的に厳しいというなら、その場で協議する、という方法もある」

「協議の空気ではなかった、と申し上げます。実際、弊社の須山の方から、スケジュールの現状について余裕がないことはお伝えしました。御社からのご回答は『それはそっちの都合』『俺を舐めてるのか？』と。また、私たちが突っぱねた場合、次回からの取引に支障が出る恐れもありました。落合プロデューサーの口から、『仕事は他に回すこともできた』と、事前に釘を刺されましたから」

「落合君、本当かね？」

レンズ越しの視線が、泡を食った落合の方に向けられる。

うぐっと口を閉ざしたプロデューサーだったが、隣席からの執拗な視線に、ぎこちなく頷かざるを得ないようだった。長田の口からも、重い息が漏れている。

「取引上、優越している地位の者が、その立場を利用して相手方に不利益を与えた場合、『優越的地位の濫用』と見なされる恐れがあります。これは独占禁止法に定められた、明確な法令違反です。今回の件は、御社の取引上の地位を盾とした、半ば強制的な業務内容の変更であったと、私たちは主張します。私たちは、追いつめられているんです」

言い切って、もう東子は横暴の主犯である落合を相手にはしなかった。諭すべきは制作部長の長田にまちがいない。彼を突破口にすることで、ビスマルクから譲歩を引き出す必要がある。

一気にまくし立てた東子の声を、長田はやはり硬い表情のまま聞いていた。一度、ううん、と喉を鳴らしたが、それは下手な咳払いではなく、単純に話し始めるきっかけを作ろうとするものだ。

「こちらも、確認させてもらうが」

身を乗り出すようにして、長田が怜悧《れいり》な視線を向けてくる。

「君は、弁護士かね？」

「いえ」

「では、社会保険労務士の資格は？」

「いいえ。それも……」

事実だったから、相手の問いに首を横に振るしかなかった。

社会保険労務士は、労務や社会保険の業務を専門とする国家資格である。社労士、労務士とも呼ばれる。労務管理が一社員の業務であるとしたら、社労士は企業のコンサルタントとして、独立して仕事を請け負うことができる専門職だ。東子もN建設に長く勤めることになれば、いずれは社労士の資格を目指していたかもしれない。

「つまり、君は法務の専門職でもなしに、下請法だの、優越的地位だのと、聞きかじった知識だけで、我々を脅そうというのか。自分たちは、被害者だと」

「それは……」

「大概にしておきたまえ」

決して大声ではなかったが、東子の臓腑《ぞうふ》にずしりと響く声だった。姿勢も前のめりになっている。物腰は丁寧な大手企業の上役……業務の仮面はかなぐり捨てて、本来の激しさが剝《む》き出《だ》しになったように感じる。東子にとってそれは、恐怖以外の何ものでもない。

「アニメ制作が、綺麗事だけで通ると思ったか？　元請け会社だからって、甘い汁を吸ってるとでも？　我々だって、アニメ制作の厳しさは知っている。今でこそ、大きな看板を出して元請け会社を謳っているが、我々もほんの数年前まで、下請けの仕事をこなしていたんだ。現場の底辺が味わう悲哀は、嫌と言うほどわかっている。業界の栄枯盛衰。８プランニングさんなら、それは骨身に染みてるでしょう？」

長田の視線を向けられて、叔父が首をすくめて頷いていた。８プランニングも、かつては元請け会社だった。それぞれの苦労がある、と長田の表情が言っている。

「苛烈な競走を強いられる業界の中、のし上がってきたのが我々の会社だ。そして、その結果が『フェアリー・アタック』という国民的タイトルだ。君らがグロスの仕事に血眼になっているのと同じように、我々も、この作品に社運を賭けている」

「過度な負担にさらされていることを、ご理解いただきたいんです。無理を重ねた結果、もし誰かが犠牲になったら……」

「むろん、その場合は依頼元である弊社が責任を持とう。御社とは一蓮托生《いちれんたくしょう》だ。しかし、それまでは最大限の努力を要求する。倒れる、というなら、倒れないよう工夫することを要請する。休めない、というなら、そちらのスケジュール管理の問題だ。自分たちが全うすべき責任を、依頼元に投げて返すなど、まともな企業のやることじゃない」

言い切って、長田の表情には揺らぐところがなかった。

取引先とは一蓮托生。アニメ業界の厳しさを知っているからこそ、たゆまぬ努力を自他問わず求めているのだ。たとえ、大きなリスクを背負おうとも。

「お引き取り願おう。正当な理由があるならまだしも、君らがやっていることは、ヤクザじみた強請《ゆすり》とたかりだ。もし、本当に我々の行為が不当だとしたら、労基でも裁判所でも、好きなところに駆け込んだらいい。我々は一歩も引かない。その際は、会社として全面的に争うとしよう」

以上です、と締めて、長田はどっかりソファの背もたれに体を預ける。露わになった素顔はまた眼鏡の奥に隠れてしまって、今はその残照しか見せない。

正論を言い切られた……向き合う東子には、息もできないのが本音だった。業界の雄。百戦錬磨の制作部長を相手取って、門外漢の東子が頑張れるのは、これくらいのことか。こちらの言い分が、まちがっているとは思っていない。法的な根拠も。しかし商慣習の実際として、長く現場を経験している年長者が言うことに、これ以上、抗《あらが》う余地が果たしてあるのか。

ない、と言い切るわけにはいかなかった。ここで諦めるのは、堂島との約束を破ることになる。何より、自分の気持ちへの回答。決してもう逃げたりしない。天職と決めた労務管理。職場改善の仕事。それが「好き」であると認めたからには、東子にあきらめの選択肢はない。必ず、職場を救ってみせる……そのためには、最後まで食い下がる一歩だ。

「御社の就業規則には、なんと書いてありますか？」

突き放された、話し合いの間合い。今にも、腰を浮かそうとする長田を制して、東子はもう一度、切り出した。ん？と厳《いか》めしい顔が見返してきたが、それでも東子は目を逸らさない。

「御社の社内規則です。会社と従業員との約束事。これだけの規模の会社なら、必ず書面で用意されているはず」

「うちのルールが、今の話に関係あるとは思えないが……」

「就業規則とは、社員が会社のルールに従うためのものです。同時に、会社側が、社員に健全な職場環境を約束するものでもあります。会社が、従業員を守ろうとしているんです」

「総務部のやっている仕事だ。我々は、それに従って……」

「部長職にある方なら、目を通したことがあるはずです。いえ、さっきのお話を伺った限りでは、会社の立ち上げにも、長田部長は関わっていたんじゃありませんか？　あるいは、会社のルール作りも」

「……」

「そこに、何が書いてありますか？　従業員を守るためのこと。対外的な、見せかけの文句かもしれません。役所を納得させるための、字面だけの美辞麗句かも。それでも、会社とそのスタッフを守る気持ちにかけて、嘘はないんだと思います。綺麗事でも、最初に目標を掲げなかったら、誰が従業員を守るんですか？」

　長田の口は、動かなかった。東子の声を否定するものか。しかし、口の端に浮かんだ表情には、初めて動揺に近いものが見える。

「御社がその従業員を守りたい、と思うように、私たちもまた、働く仲間を守りたいと考えています。納期は大事です。与えられた仕事を、疎《おろそ》かにするつもりはありません。けれど、それは健全に働ける環境があってのことです。労務管理者は、それを守ることを仕事としています」

「ならば、やはりそれは、そちら側の責任だろう」

「もちろんです。ですが、アニメは関係者の全員が一丸となって作るものじゃありませんか？」

うらん、と長田の喉からうめきが漏れる。見返してくる目つきが、東子の真意を見定めようとするようだった。

「我々が、それを邪魔していると……？」

「立場がちがっても、向かう方向は同じだと知ってもらいたいんです！　全力で、目の前の作品を作る。心から好きだと言ってもらえるアニメを作ること。私たちの会社に、いい加減でアニメを作る人間はいません。それぞれの人生を懸けているんです。だからどんなにきつくても、たとえ倒れてでも、仕事を全うしようとする。御社の『フェアリー・アタック』の看板に、泥を塗るような真似は決して」

「……」

「どうかお願いします。私たちに、力を尽くせる環境を与えてください。今以上に、素晴らしいアニメを作るために」

最後には、立ち上がって頭を下げた。倣って、叔父もお辞儀をしたのが気配でわかる。

　自分の足元を見て、もう相手の顔を確認することはなかった。言いたいことは、全て言った。言わなければならないことも。その上で、ビスマルクの回答は……。

「茶番じゃないか、こんなもの」

　何かを言いかけた長田の代わりに、吐き捨てたのはプロデューサーの落合だった。声の汚さにハッとして、その顔に視線を向ける。表情の苦々しさは一切隠さず、座った位置から、東子たちを睨《ね》めつけるかのようだった。

「部長、聞く耳持つのはよしましょう。こんなのは、下請けの連中の言い分です。予定通り、ネット配信の段取りを……」

　続けるその声を遮ったのは、唐突に開いた扉の音だ。失礼しまーす、と場違いな声まで飛んで、人影がノックもなしに入室してくる。咎《とが》めるタイミングを失って、するりと滑り込んだそのシルエットに、誰もが一瞬、言葉を失う。

　顔を上げた東子の視界に入ってきたのは、こっそり片目をつむった悪戯な笑み――不破あかねの登場だった。

間に合った――！

思わず声が出そうなほど、東子の胸が早鐘を打った。その直後に、安堵する。入室した不破はたしかに東子に目配せしたし、何よりその表情が、いつにも増して茶目っ気で一杯だった。ふふん、と人の悪い笑みまで浮かんでいる。

「な、なんだ、いきなり……」

うろたえたのは、東子たちを小馬鹿にすること際限なかった落合だ。彼にとっては直接の部下のはずだが、今日の登場を、まったく予期していなかったらしい。

「部長がいる席だぞ？　おまえは、今回の件にはお呼びじゃ……」

「あれ、そうでしたっけ？　私、8プランニングさんとのパイプ役のつもりでしたけど？」

「それは、おまえの古巣だから……とにかく、もう話は終わったんだ。変な混ぜっ返しはよせ」

しっしっと、手の甲で追い返すような仕草を見せて、落合の額には突然の汗が浮かんでいる。隣の長田がその変化に気づいたようだったが、言い出す前に、不破が突拍子もない声を上げた。

「えー！　重要な話だからと思って、関係者に声をかけちゃいましたよー！　スケジユールの段取りがおかしくなってるからって」

「お、おまえ、その話は……」

「というわけで、一番の関係者においでいただきました。監督、どうぞー」

うやうやしく低頭した不破に促されて、扉の向こうから、もう一人の来訪者が現れる。三十代半ばくらいの、ラフな格好の人物だった。丸縁の眼鏡。ぽっこりつき出たお腹《なか》に、シャツを無理矢理に着込んでいる。手ぶらの格好。おそらく、不破が車で迎えに行ったのだろう。寒空の下を来たというのに、顔全体が上気していた。

「相葉《あいば》監督!? どうして……」

「それはこっちの台詞ですよ、落合さん。コンテの変更は、取引先の意向じゃなかったんですか?」

登場するなり確信を突いて、落合の顔色を青くさせている。

相葉監督は『フェアリー・アタック』の全編を通した総監督だ。フリーの立場で、今はビスマルクと契約している。現場で、東子がその顔を見ることはなかったが、グロス請けの場合、演出が現場監督を代行している。堂島とのやりとりはあるだろうが、こうして東子が会うのは初めてだ。

「取引先の意向、というのは?」

相葉の声を受けて、いよいよ長田が質問に回る。さっきまで、東子たちに向けられていた怜悧な視線が、今度は部下の顔を射抜いている。

「え、えっと、監督とは微妙な認識のずれが……」

「『フェアリー・アタック』＃4のコンテの差し替え。落合さんからは、ネット配信の会社のオーダーだって。だから、言われるままカットも書き替えたんだ。なのに、不破さんに聞いたら、俺が言い出したことになってるって……」

「不破、おまえ!?」

落合の火を噴くような目が相手を睨んだが、当のアシスタントプロデューサーはどこ吹く風だ。とぼけた表情で、明後日《あさって》の方向を向いている。

「話がおかしいな、落合。俺も、監督の言い出したことだと聞いている。少なくとも取引先から、変更のオーダーはない」

一人称も「俺」に変わって、長田には部下を睨む視線があからさまになった。

「え、えっとですね、その件に関しては……」

「作品のクオリティを上げるためだと、俺を説得したのはおまえだぞ。当初はグロス請けの会社も認めたと言うから、俺もゴーサインを出したんだ」

「クオリティなんて、下がるに決まってるよ。どんな会社にお願いしたって、この短期間で、これだけの変更は無茶なんだから。俺も、できるなら拒否したかった！」

「つ、つまりですね、これは不幸な行き違いが……」

両側からの非難を受けて、落合の目が右往左往している。ついには怒り心頭の相葉が一歩踏み込んで、落合の胸ぐらを掴む寸前までいった。

「あ、そうだ！」

またわざとらしい声で遮ったのは、すっかり傍観者を決め込んでいた不破である。ぽん、とお芝居のように手を打ち鳴らして、進退窮まる落合の元へと歩み寄る。

「そういえば、私のデスクに、まちがって、落合さん名義の領収書が紛れ込んでましたよ？　動画仕上げ会社のアクセルズさん宛で、二枚」

「領収書……？」

これも、長田には初耳であったらしく、怪訝《けげん》な視線を部下に向ける。

当の担当プロデューサーは、心当たりのある顔色だった。

「アクセルズさんて、落合さんが直々に指名している動画仕上げ会社ですよねー。たしか、『フェアリー・アタック』＃4の仕上げも」

「おまえ、その領収書、どこから……」

「でも、変なんですよねー。この二枚の領収書、発行の日付が、それぞれ8プランニングさんに追加発注を出した直後になってるんですよ。最初にコンテの差し替えを伝えたときと、さらにもう一回の変更時。しかも、ただし書きが『お礼代』」

言いながら、二枚の書類を両手に持ってひらひらと振る。つまり、二枚の領収書は落合が指定の会社から、何らかの名目で金銭を受け取ったことを証明するものだ。それが追加発注のタイミングで、計二回。

ここまで来ると、誰の目にも落合の所行は明らかだった。

追加の発注を指定の会社に下ろすことで、その見返りとして、お礼代を受け取っていた……。

「落合。詳しい話を聞かせてもらうぞ」

ずいっと、本人の前に迫って、長田が有無を言わせない声で告げる。

「ぶ、部長。この話、総務には……」

「バカ野郎。社長を含めた話し合いだ」

首根っこを摑まれて、落合が部屋の外に連れ出されていく。退出際、長田の目が居残る東子たちを捉えたが、申し訳なさそうに会釈をして、二人の姿は部屋の外に消えた。

二人を見送ったあとで、扉のそばの不破と目が合う。

ね、うまくいったでしょ？と、やはり魅惑的なウィンクが返った。

「結構、常習犯だったんだよねー」

ビスマルクの社屋を出たところ、見送りの不破がいつもの調子で切り出してくる。空は、雪が降りそうな曇天だった。師走も大詰め。街はクリスマスから、年越しへと装いを新たにしている。

訪れたときは緊張いっぱいの東子だったが、改めて外の空気を吸って、ようやく肩の荷が下りた心境だ。やるべきことはやった。ビスマルクから正式な返答はまだ出てないが、おそらく納期の見直しについては、善処してもらえるだろう。今回の騒動の根っこには、落合プロデューサーの悪巧みが潜んでいた……。

ちなみに、応接室にはまだ社長の叔父が居残っている。この機会に、ビスマルクさんとはいろいろと話しておきたいから、とこちらも常の微笑は変わらなかったが、問題に巻き込まれた当事者として、叔父には言うべきことが多いのだろう。この際、業界を変えるという本人の宿願を、進めてしまおうという打算もあるのかもしれない。とにかく、後のことは叔父に任せて安心だった。

「落合のやり口ってさ、単純なんだけど、意外に狡猾《こうかつ》」

すでに上司の名前を呼び捨てにして、不破の声には茶目っ気が絶えない。ニヤリと笑った口元で、今回のからくりを改めて説明してくれる。

「グロスで仕事を請け負う場合も、その会社一つでアニメを作ることはないでしょ？8プランニングの場合、背景とか、撮影とか、専門的な業務には外注を使ってる。動画仕上げも、その一つ。色つけや、キャラの動きをつける作業ね」

「その外注先の業者として、落合プロデューサーはアクセルズという会社を指定していたんですね？」

「そっ。狭い業界で顔見知りとの仕事が多くなるから。それで手癖の悪いプロデューサーなんかだと、お礼代と称してキックバックを懐に入れたりする。まっ、それ自体はよくある話なんだけど」

よくある話、と彼女は言うが、一般的な通念として、個人が業者間の代金を受け取るとすれば、それは立派な不正行為だ。それこそ、下請法で禁じられている。しかし今回落合が行った所行は、それをはるかに越えて悪質だった。

「落合のやり口ってさ、本当ならグロス会社そのものから、キックバックを受け取るのが常套手段だったのね。でも今回、私が8プランニングを推薦したことで、馴染みの業者に仕事を下ろすことができなかった。当然、お礼代も期待できない。そこで落合が考えたのは、グロス会社を通して、動画仕上げ会社に仕事を下ろすこと。孫請けから、甘い汁を吸う予定だったのよ」

「『フェアリー・アタック』の場合、動画仕上げの会社は指定されてるって、堂島さんが話していました」

「でも、落合はさらに欲をかいたわけ。通常の依頼とは別に、新規の発注を繰り返せば、その都度、指定の業者に仕事が行く。その回数が多いほど、落合が受け取る金額は大きくなるって寸法よ。ほんと、お気楽な錬金術よね」

「そんなことのために、監督や私たちに嘘までついて……」

コンテの差し替えは、監督の意向だという話。一方で、その監督自身にはネット配信業者の要望だと偽って、作業の水増しを行っていたのだ。結果として、グロス会社である8プランニングは、無理筋の仕事を抱え込むことになった。

「ま、やってることがあからさまだから、裏を取るのは難しくないんだけど。でも、私は雑用の立場だから、下手に動くと目立つでしょ？　そんなとき、東子ちゃんに連絡をもらったから」

「はい。どうしても、不破さんの協力が必要だったんです」

病室で、堂島と約束をした直後のことだ。

東子はすぐに不破へと連絡を入れた。不破を通して落合に、と考えたわけじゃなかった。その時点で、今回の経緯には、違和感が大きかったのだ。

最初に東子が引っかかったのが、落合が追加の発注を繰り返してきたことだ。コンテの差し替えのたびに、それを新規の扱いとした。本人から、請求書を回すよう、念押ししてくるほどだった。

依頼元の立場からすると、これはやはりおかしい。無償でやり直せ、と言うならまだわかるが、作り直しのたびに、金銭的な損害が発生するのは、ビスマルクの方なのだ。予算の管理者であるプロデューサーが、それを容認しているのは疑問だった。

そこに来て、落合にまつわる、不穏な噂……。

電話口で不破に問いただして、今回の背景を知るに至った。

時間がほとんど残されてない中、二人で今日の算段を練った。不破の方で、不正の証拠となる領収書を押さえてもらって、東子はビスマルクに話し合いのアポイントを取った。『フェアリー・アタック』の監督まで、引っ張り出せたことは幸運だった。

相葉監督はおのおのの現場には、極力介入しない方針。そこを落合に利用されて、コンテ差し替えの、口実にされた被害者だった。全員が一堂に会したところで、落合に不正の事実を突きつける——制作部長の長田には、そのための証人になってもらった形だ。

「でも、こんなにうまくいくなんてねー」

本人が大車輪の活躍をしておきながら、不破はまるで他人事の口ぶりだ。不正の証拠となる領収書を押さえたのも、相葉監督を連れてきたのも、全て不破の手柄と言える。

「東子ちゃんのおかげだね。落合と、長田部長を釘付けにしてくれて」

「私にできることなんて、ほとんどありませんでしたよ。下請法の話も、一夜漬けの思いつきですし……」

「あーあ、私も間近で見たかったなあ。東子ちゃんの、大見得切った口上。あの長田部長が押し黙るなんて前代未聞。ここぞの粘り勝ちだね！」

ぽんぽんと肩を叩かれるが、東子には乗り切った実感はない。もちろん、自分の思いについて本音を語ったつもりだが、ただそれだけで状況が動くほど、会社組織は甘くなかった。やはり、不破との連携があってのことだ。

「不破さん。こうなること、最初からわかってましたよね？」

お手柄、お手柄、と人を持ち上げる一方の相手に対して、東子は努めて平静な口調で告げる。ん？と、振り向く不破の表情が曖昧だ。

「最初に、私に連絡してきたこと。落合プロデューサーの名前を出したのは、不破さんでした」

「えーっと、そうだったかなー？」

「それだけじゃありません。過去の8プランニングの話も、堂島さんの経緯《いきさつ》も、まるで私をけしかけるみたいに」

休日の、突然の連絡。いきなり落合の悪口を始めたのは、今から考えれば、やはり少し不自然だった。お金に汚い、という話も聞いた。いつか引きずり下ろしてやる、と言ったのも、近い将来を当て込んでの発言だったにちがいない。

それから、堂島との確執についても。

「私は本気で、東子ちゃんを心配して連絡したつもりだよ？」

「その気持ちは、本当だって信じられます。でなかったら、あそこまで、話はしてくれなかったと思いますから」

「私が、昔の会社の苦境を利用したって思ってるの？」

「考え方はそれぞれだと思います。けれど、少なくとも、私のことは」

「そうだとしても、きょうたろーのことを任せられるのは、東子ちゃんしかいないっていうのは本音だからね？　実際、倒れたあいつを病院から動かさなかった。たぶん他の誰にも、そんなことできなかった」

　堂島が卒倒したことを、連絡を入れたタイミングで、もちろん不破にも伝えた。電話口で一瞬押し黙った彼女だが、過去の一件が脳裏をよぎったことはまちがいないだろう。

「ま、例の領収書の出所がどこかって話は、たしかに秘密なんだけどー」

　開き直ったような口調で、いきなりそんなことを言い始める。

　上着のポケットに手を入れていた。くしゃり、と何かを握り潰したような気配。応接室の現場で、彼女が長田に、領収書を手渡した様子はなかった。

　もし、領収書の存在はブラフで、そのために、今回の大芝居が必要だったとしたら……。

「東子ちゃん。やっぱり怒ってる？」

　茶目っ気な表情はそのままで、不破の視線が覗きこんでくる。

　ふうー、と長い息を吐く東子だった。

「お世話になったことは、素直に感謝しています。不破さんの協力がなかったら、きっと何もできませんでした。職場を助けることも」

「じゃあ、結果的にウィン・ウィンだね！ でもなー、いくら会社のためだからって取引先に直談判なんて……」

吹き出すように言ったあと、不破が苦笑を続けてくる。

「労務管理って、そこまでする仕事？」

問いかけに、一瞬面食らう。けれど、すぐに苦笑を返して、今度は迷いなく答えることができた。

「はい。自分で選んだ仕事ですから」

エピローグ

「コップとお菓子足りてるー？」

ごちゃごちゃとした室内で、須山の声が不思議と通る。８プランニングの会議室。三階フロアの空き部屋を使って、臨時の宴席が設けられていた。

時刻は午後の五時前。普段なら、これからがアニメーターたちの本番だったが、今日くらいは骨休めに、三階に集まるスタッフも少なくなかった。少し前の忘年会とはまったくちがった空気。和気藹々《あいあい》、というのはあまり似合わない職場だったが、紙コップとおつまみを漁る手はとめどなくて、一度買い出しに出た須山と灰野が、もう一回スーパーに向かうべきか熟考するくらいだった。そのときは、東子も手伝おうと思っている。

長机が並んだ向こうには、でんっと大型のテレビが設置されている。これも、急遽運び込んだもので、これから『フェアリー・アタック』＃４の、放映を見守る手はずだった。

トラブル続きだった、制作を終えて――。

スケジュールが二転三転した『フェアリー・アタック』＃4の制作だったが、最後にはビスマルク側が納期の延長を認めて、無事、作品を完成させることができた。滅多に現場には顔を出さない相葉監督まで臨場して、末端の作画陣に直接指導を行うくらいだった。その結果、クオリティが向上する代わりに、いっそうスタッフの気疲れが増したらしいが。

スケジュールに余裕ができた分、堂島の復帰も十分間に合った。三日も病院で軟禁されたぞ……恨み節もいつも通りで、堂島は久しぶりの職場を踏んだが、卒倒したのが嘘と思えるくらいの働きぶりで、佳境のアニメ制作を推し進めた。完成したのは、納期の一時間前。やはり、職場で朝を迎えたスタッフたちだったが、完成前試写のリテイクが少ないこともあって、全員の顔にやりきった表情が見て取れたのだった。このときばかりは、徹夜でも立ち合ってよかった、と東子も心から思えた。

そして、土曜の夕方五時、いよいよ本放送日を迎えたわけだが。

「あれ、堂島さんは？」

はたと気づいて、東子は室内を見回す。功労者といえば、やはり会社の要である堂島以外には考えられなかったが、なぜか祝いの席に、本人の姿が見えない。

「堂島さんなら、二階の仕事場で見かけたよ」

東子の声に気づいて返事をしてくれたのは、作画担当の各江田だ。彼も『フェアリー・アタック』の制作に関しては獅子《しし》奮迅の働きだったと聞いている。

「仕事場って、業務中ですか？」

「わからないけど、あの人、今三つの作品を掛け持ちしてるし」

「そんな、せっかくの大切な日に……」

「私、呼んできましょうか？」

素早く立ち上がったのは、制作進行の灰野だ。彼女は今も、堂島の演出作品を担当している。あの人は怖いから、と言っていた彼女だったが、最近、ビスマルクの不破と話す機会があったとかで、それ以来、堂島との接し方が変わったように見える。あの抜け目ないプロデューサー候補が、どんな話をしたのか気になるところだ。

「堂島さん、こういうの、あんまり好きじゃないと思うし……」

「あ、いいですよ、灰野さん。私が見てくるので」

「でも」

「灰野さんも、功労者の一人です。放送を見逃したら大変」

笑って言うと、彼女も綺麗に笑い返してくれた。そのあまりの可愛らしさに、くそお、と同性のやっかみを感じたのは秘密だ。

混雑する部屋を抜けて、廊下へと出る。がらんとした三階フロアは、ちょっと肌寒いくらいだった。社長室の照明が、すでに消えている。叔父も放送を楽しみにしていたが、今度、ビスマルクと共同事業を進めるとかで、さっそく相手の会社へ出向いているのだ。あの応接間で、叔父も放送を見ているだろうか。

階段を降りて、二階のフロアへ。仕事場には、まだちらほらとスタッフの姿があった。さすがに、全員が席を空けるわけにもいかない。しぶしぶ残ってくれたのは、今回の『フェアリー・アタック』には、あまり関わらなかった少数のスタッフ。彼らとて、まったく手をつけなかったわけではないが。

フロアの奥の暗がりに、堂島は着席していた。自席の照明を絞っているのは、その方が集中できる場合が多いから、と聞いたことがある。現在も手元の業務に、一心に目を注いでいる。

「堂島さん。放送、見ないんですか？」

さすがに気後れもあったが、席の後ろに回り込んで声をかける。

振り返らずに、背中が答えた。

「『フェアリー』なら、試写のラッシュで死ぬほど見た」

「それって、業務中じゃないですか……」

「今だって、業務時間内だ。俺には、やるべき仕事がある」

一つ修羅場をくぐり抜けても、すぐにこれだ。

思えば、『フェアリー・アタック』＃４が完成したときも、歓声を上げる同僚たちの一方で、堂島はむすっとした顔を隠さなかった。まだ、直したい箇所がある……リテイクと言い出しかねない本人を抑えて、無理矢理、納品の連絡を入れたのは、青い顔をした須山だった。

「具合は、大丈夫ですか？」

「何の話だ」

「倒れてから、まだ二週間です」

「人を、病院に缶詰めにしただろうが」

「三日で治る過労なんて、ありません。本当なら、正式に休みを取って……」

根本的には、働き過ぎが原因なのだ。アニメの鬼は、自分の限界を試すように仕事にのめり込んでしまう。果たすべき、夢があるから。恩師から受け継いだ思い。東子に、それを否定する気持ちはなかったが、それでもそんな堂島を、健全な働き方へと導くのが、労務管理者の役目なのだ。好きの気持ちを、東子も譲るつもりはない。

「一つ、言い忘れていたが」

　席から離れる気配のない堂島だったが、一旦仕事の手を止めて、東子の方を振り返る。

「何でしょうか？」

「ビスマルクに、直談判に行った件。納期が延びたことは、作品にとっては有益だった。監督も評価している」

「えっと、私、お礼を言われてる？」

「好きに解釈してろ。ただし、ふわ子と関わった件！　あの薄情者には、二度と接触するな。連絡も無視しろ。裏切り者のオーラがうつる」

「薄情者なんて。不破さんなりに、私たちのことを心配してくれて……」

「ふん。勝手に会社を辞めたくせに」

　鼻を鳴らして、堂島には悪態がとめどないようだった。聞くに堪えない文句だったが、言っているのが三十に近い男性だと思うと、逆に微笑ましくも感じる。

「それから」

　話は終わりじゃなかったようで、また自席に向き直ると、足元の引き出しに手を伸ばす。かちゃり、と鍵の外れる音がした。重苦しい音と一緒に引き出しが開かれる。

あっと思い出したのは、不破とのバーでのくだりだった。

あいつのデスクの引き出しに、何がしまわれてるか、知ってる——？

コンテが……と反射的に思い出して、胸が締め付けられるような思いで、堂島の手つきを見守る。彼が手に取ったのは、古い冊子のようだった。ノートほどの厚みがある。それを握ったまま、一度東子の顔を見入るようにして、やっと正面に差し出してくる。受け取る手が、かすかに震えた。

「おまえに、渡しておくべきと思ってな」

「私に……」

言いながら、表紙を撫でる。どういう気持ちで見ればいいかわからなかったが、それが大切なものであるのはまちがいない。ゆっくりと表紙をめくって、第一ページ目に視線を落とす。飛び込んできたのは、次の文句だ。

就業規則。第一章、総則。

「就業規則……？」

思わず力のない声が出て、手の中のものの正体がわからなくなる。

応じる堂島の声も、意外そうだった。

「なんだ。不服か？」

「いえ。でも、てっきり絵コンテかと……」

「絵コンテ？」

今度は堂島が首を傾《かし》げる番だったが、すぐに気づいた様子で、ちっとあからさまに舌打ちする。

「ふわ子だな？ また、いらぬ入れ知恵をして」

「8プランニングのオリジナルメンバー、原さんの忘れ形見をしまってたんじゃないんですか？ 恩師の思いを忘れないために」

「何年前の話だ。原さんのコンテなら、部屋に持ち帰ってる。不特定多数の人間が出入りする職場に、いつまでも置いておけるか」

だとしたら、この件でも、不破に担がれたことになる。東子をけしかけるための小道具。あの人に限って、コンテがすでにデスクにないことを、見逃しているとは思えない。

「そうすると、この書類は……」

「おまえが入社すると聞いた日、当てつけに隠してやったんだ。労務管理が、どうのと聞いて」

「あ！ 堂島さん、就業規則なんてないって言いましたよね？ そんなの、会社には必要ないって！」

「だから、当てつけと言っただろうが。何年か前に、会社の人間が作ったものだ。俺がこうして持ち出しても、誰一人気づいちゃいない」

就業規則は、作成した上で、従業員の誰もが確認できる場所に掲示するのが会社の義務。もちろん、個人的に持ち出すなんてもってのほかだし、隠すというなら、子供じみたやり方だ。

「これがないせいで、私、さんざん苦労をして……」

「だから、こうして手渡した。おまえの仕事に必要だと」

言わなくていいことまで言わされた、という顔で、堂島は東子を睨むようだった。

まだ、怒りは冷めなかったが、そう言われて、東子もようやく手元の冊子の意味合いに気づく。仕事に必要――労務管理の役目、職場改善の業務。そのことを、アニメの鬼は、ついに認めてくれたということだ。

「勘違いするなよ。俺はフェアにやるべきと思っただけだ」

「えっと、ツンデレ？」

「どこでそんな言葉覚えた！　おまえ、知識が偏ってるぞ！」

噛みつくような勢いだったが、その顔にアニメの鬼らしからぬ、焦った色が見て取れる。もう知らん！と最後にはそっぽを向いて、再び業務に戻る堂島だった。

くすりと笑って、東子は手元の冊子をめくる。埃《ほこり》のにおいが鼻を突いたが、不思議と不快には感じなかった。

「堂島さん。放送見に行きますよ？」

「言ってろ。俺は仕事を続ける」

「堂島さんには、少なくとも三十分の休憩が必要です。一日の業務中、昼休憩を除いて、十五分の二回休憩。もう定時まで、二時間を切ってるんですから」

「誰がそんなことを決めた。俺には、俺のやり方が……」

言い返してくる堂島に、東子はにこやかに首を横に振る。

突きつけたのは、手元の冊子。その三ページ目だった。

「就業規則に、書いてあります」

あとがき

これまでいろいろな仕事を経験してきた中で、少しずつ積み重なっていく疑問がありました。働く上での、自分のテーマと言えるかもしれません。

一生懸命、働く理由は何でしょう？　生活のため、家族のため、一千万円プレイヤーを目指すのもモチベーションの一つかもしれません。あるいは、モテたいとか評価されたいとか、無理矢理、上司に脅されてとか。

今回、「好き」を仕事にしている人たちを選んだのは、それが自分にとって、また多くの働く人にとっても、身近なテーマであると考えたからです。仕事を通して、私たちは様々な困難に直面します。憂鬱になることや、投げ出したくなることも多いですが、それを乗り越えようとする気持ちの根底には、仕事に対するこだわり――「理想」としていた職場、「こうなりたい」と思った自分が、熾火《おきび》のように揺らめいているのだと思います。だからこそ、悩みもするし、踏み留まろうと必死にもなれる。

本書の登場人物たちを通して、そうした悲喜《ひき》交々《こもごも》をお伝えできていれば、幸甚の至りです。

さて、アニメの制作会社を舞台とするにあたって、多くの関係者にご協力いただきました。現場の生の声を取材できたことが、本書執筆の原動力となったことは言うまでもありません。とくに取材先のY社長、W氏には改めて御礼申し上げます。両氏のご助言が、作品の大きな核になったことを、ここに明記させていただきます。

さらに、本書の制作にあたってご尽力いただきました担当編集者様。有象無象の大海からこの身を引き上げていただいたこと、今後の頑張りで恩返しさせてください。

その他、これまで自分を支えてくれた両親、姉、友人、全ての方に、本書を捧げたいと思います。長い間、お待たせしました。

最後に、本書を手に取ってくださった皆様に心からの感謝をお伝えします。また、お目にかかれることを願って。

桑野《くわの》一弘《かずひろ》

<初出>
本書は書き下ろしです。

メディアワークス文庫

就業規則《しゅうぎょうきそく》に書《か》いてあります！

桑野一弘《くわのかずひろ》

2020年3月25日　初版発行
2024年5月30日　再版発行

発行者　山下直久
発行　株式会社KADOKAWA
〒102-8177　東京都千代田区富士見2-13-3
0570-002-301（ナビダイヤル）
装丁者　渡辺宏一（有限会社ニイナナニイゴオ）
印刷　株式会社KADOKAWA
製本　株式会社KADOKAWA

●お問い合わせ
https://www.kadokawa.co.jp/（「お問い合わせ」へお進みください）
※内容によっては、お答えできない場合があります。
※サポートは日本国内のみとさせていただきます。
※Japanese text only

※定価はカバーに表示してあります。

Printed in Japan
ISBN978-4-04-913140-6 C0193

メディアワークス文庫　https://mwbunko.com/

本書に対するご意見、ご感想をお寄せください。
あて先
〒102-8177　東京都千代田区富士見2-13-3
メディアワークス文庫編集部
「桑野一弘先生」係

ちょっと今から人生かえてくる

北川恵海

あなたの人生、
ちょっと変えてみませんか？

かつてブラック企業に勤めボロボロになったものの、謎の男ヤマモトと出会ったことで本来の自分を取り戻した青山。そして彼の前から姿を消してしまったヤマモト――。

すべての働く人が共感して泣いた感動作『ちょっと今から仕事やめてくる』で語られなかった、珠玉の裏エピソードが、いま明かされる。

青山とヤマモトの、そして彼らと出会った人たちの新しい物語が、また始まる。

仕事に悩み、日々に迷う人たちに勇気を与える人生応援ストーリー‼

メディアワークス文庫

怪盗の後継者

久住四季

怪盗の後継者
Shiki Quzumi
久住四季
He will follow in the Phantom thief's footsteps.
メディアワークス文庫

昼は凡人、でも夜は怪盗——鮮やかな盗みのトリックに驚愕！　痛快ミステリ。


「君には才能がある、一流の泥棒になってみないかい？」

　謎多き美貌の青年、嵐崎の驚くべき勧誘。なんと生き別れの父が大怪盗であり、自分はその後継者だというのだ。

　かくして平凡な大学生だった因幡の人生は大きく変わっていく。嵐崎の標的は政界の大物。そして因幡の父をはめた男。そんな相手に、嵐崎は不可能に近い盗みを仕掛けようとしていた——。

　スリルと興奮の大仕事の結末は⁉　華麗なる盗みのトリックに、貴方はきっと騙される！　痛快、怪盗ミステリ。

メディアワークス文庫